COLLECTION
FOLIO/ESSAIS

Luigi Pirandello

Écrits sur le théâtre et la littérature

L'humour tragique de la vie

Traduction de l'italien
et introduction
par Georges Piroué

Denoël

Né le 28 juin 1867 au lieu-dit Le Chaos, près d'Agrigente, en Sicile, Luigi Pirandello obtient de son père, administrateur de soufrières, de faire des études de lettres qui le mènent de Palerme à Rome et de Rome à Bonn. Revenu en Italie, il se mêle aux milieux littéraires de la capitale, écrit des nouvelles, des romans et connaît son premier grand succès avec *Feu Mathias Pascal* (1904). C'est le théâtre, cependant, qui lui apporte une célébrité d'abord nationale, puis internationale, dans les premières années de l'après-guerre. *Six personnages en quête d'auteur* triomphe à Milan en 1921, à Londres et à New York l'année suivante, à Paris le 10 avril 1923. Pirandello ne cesse dès lors de composer des pièces et des œuvres en prose qui lui valent d'être élu membre de l'Académie royale d'Italie en 1929 et de recevoir le prix Nobel de littérature en 1934. Il meurt en 1936.

Il avait épousé une jeune Sicilienne qui lui a donné trois enfants avant de sombrer dans une folie de la jalousie et de la persécution qui n'a pas été sans incidence sur la vie, la pensée et l'œuvre de son mari.

Pirandello est sans conteste l'un des plus grands écrivains italiens du siècle ; il est le seul dont le nom suffit à définir une tournure d'esprit : ce *pirandellisme* qui est une mise en doute permanente de l'identité personnelle et qui accorde à l'imagination une véritable suprématie sur le réel. *Chacun sa vérité, Six personnages en quête d'auteur, Henri IV* et *Un, personne et cent mille* (1927), roman de la maturité, illustrent tout particulièrement cette vision de l'homme.

PRÉSENTATION

On trouvera peut-être abusif que le présent recueil d'essais porte le titre *Ecrits sur le Théâtre*. En effet, sur les six textes qui le composent, trois seulement traitent de ce sujet — et encore d'une manière bien fantasque et allusive — alors que les trois autres textes sont le fruit d'activités annexes comme la critique littéraire (et l'enseignement) pour *L'Humorisme* ou la corvée du discours officiel, pour *Verga,* dont Pirandello, d'ailleurs a fait un usage qui n'aura pas plu à tout le monde : on ne crie pas mort à la rhétorique en plein sanctuaire fasciste.

C'est que contrairement à l'image reçue d'un écrivain pourri d'intellectualisme que certaines de ses pièces, surtout une fois jouées en France, ont contribué à répandre, Pirandello ne fut jamais le théoricien objectif que l'on croit, ratiocinant *a posteriori* et de l'extérieur sur son œuvre. Il se méfie trop pour cela de la petite pompe à filtrer qu'est à son avis la logique, comme il l'a souvent répété, qui dessèche le sentiment et encombre notre cerveau de multiples fioles de poison.

Par contre écrivain philosophe, il l'aura été, et comment, le reconnaissant lui-même, mais non par choix délibéré, à titre professionnel : simplement parce que l'esprit humain, et particulièrement sicilien, ne peut s'empêcher de raisonner.

Et à quoi pensera dès lors un auteur dramatique ? Au théâtre, naturellement. En toute circonstance, à mots couverts, détournés, remâchant des amertumes, se tapant la tête contre des murs, ou, au contraire, avec verve, une pétillante ironie, agressivement.

Ce théâtre, Pirandello ne le voit pas exposé devant lui, soumis à ses jugements, ses verdicts, attentif à ses prévisions, belle Lucinde à médicamenter. Et c'est tout de même en quoi « Ecrits *sur* le Théâtre », ne reflète peut-être pas exactement l'attitude de l'auteur. Car ce sujet de déboires et d'enthousiasmes, d'afflictions et de révélations, le dramaturge l'a dans la peau, à l'intérieur, au plus obscur de ses options fondamentales, là où naît la passion, où se sécrètent les humeurs.

C'est pourquoi il ne cesse d'en parler, à propos de tout et de rien, en sourdine, en filigrane. Une véritable obsession. Pas toujours consciente, bien sûr.

Tantôt il le défend, commentant une de ses œuvres, *Six Personnages en quête d'auteur*, qui précisément en même temps exalte et mortifie l'art théâtral, ce qui lui fournit l'occasion de nous faire visiter avec lui l'envers du décor et surtout ce qui précède, amorce et conditionne la représentation dramatique. Laquelle, comme on sait, ne se déroulera pas sur la scène. Ce qu'on y verra, c'est autre chose : le spectacle encore jamais vu du processus créateur en action.

Tantôt, placé devant l'obstacle, *Théâtre nouveau et théâtre ancien,* appelé à devoir trancher, on dirait qu'il se récuse, qu'il refuse ce fallacieux honneur. La condamnation ou l'éloge, l'avis autorisé ne sortiront pas de sa bouche. Il a flairé le piège, le faux problème. C'est plus bas, loin de cette vulgaire alternative, dans une féconde ambiguïté qu'il se livre à ses investigations.

Ce sera aussi par la bande et comme accidentellement que nous entretenant de l'art du dessin et du problème de la traduction, il laissera échapper cet aveu que le spectacle théâtral, étant subordonné à « l'interprétation » des acteurs, est toujours une trahison, ne pourra jamais être que cela.

C'est ainsi qu'étant poursuivi dans ses racines, ses formes originelles et ses métamorphoses, le phénomène théâtral finit par tout envahir. Rien ne lui demeure étranger. Consciemment ou inconsciemment, Pirandello le détecte partout, se collète avec lui en tout lieu.

Le théâtre se trouve dans l'immense héritage de fables dont l'Arioste a tiré le *Roland furieux,* dans le degré de créance où le poète les a tenues, dans le traitement qu'il leur a fait subir pour rendre leur invraisemblance acceptable, dans la situation identique où Pirandello se découvre, souhaitant accréditer le rêve au sein de la décadence bourgeoise comme l'Arioste a assuré la survivance de la chevalerie bien après ses temps héroïques. De telles réflexions n'auraient-elles rien à voir avec par exemple *Henri IV* ou *Les Géants de la Montagne ?*

Il se dissimule en la personne de Don Quichotte qui mène si glorieuse et dérisoire guerre contre la réalité au nom du droit et de la charité. Songe-creux ridicule qui ne vit cependant et ne nous fait vivre avec lui que par ses délires et mirages. Est-ce qu'il ne serait pas par hasard le frère d'Ersilia Drei, la malheureuse mythomane de *Vêtir ceux qui sont nus* ou de Baldovino, chevalier servant et escroc de *La Volupté de l'honneur ?*

Il réapparaît encore, se précise et se « pirandellise » dans la vaste théorie du « sentiment du contraire » que développe l'étude sur l'humorisme. Car le théâtre n'est pas fait seulement de telle ou telle option technique ou doctrinale mais de la disposition d'âme, du comportement mental de Pirandello lui-même, tellement sicilien d'esprit et de corps (on l'oublie trop souvent) lorsqu'il célèbre le génie de Verga ; donc d'un rapport constant de l'Histoire, de la Société avec elles-mêmes, de l'Homme avec l'homme, de son présent avec son passé, de l'irréel avec le réel et du vrai avec l'imaginaire, du comique avec le tragique, du rire avec les larmes et de l'espoir avec le désespoir. Toute une gamme de tons : humour noir et rire jaune. Perpétuelles alternances : crédulité, incrédulité ; illusion, désillusion ; erreur, terreur...

Si bien qu'à nous entretenir de ce qui a été son métier, mais aussi le tourment de sa vie, Pirandello finit par nous révéler — sans pédantisme, avec une fantaisie, une cocasserie qu'on appréciera, j'espère — les motivations les plus secrètes de son art : quelques idées indéfiniment reprises, améliorées, quelquefois répétées dans les mêmes termes qui sont autant de clefs pour l'exploration de son œuvre. Par nous dévoiler également, dans une page tout à coup inspirée et comme hallucinée l'intensité de son angoisse lorsque, découvrant que tout est théâtre, il a simultanément la vision d'un monde privé de toute chance de communication par le truchement d'une quelconque fiction. Alors apparaît son visage (ou son masque) le plus nu.

GEORGES PIROUÉ.

1.

ILLUSTRATEURS, ACTEURS ET TRADUCTEURS

Voici quelque temps que la mode s'est répandue en France de recourir à la photographie pour illustrer certains romans et certaines nouvelles, bel exemple d'un prétendu réalisme qui souhaiterait réduire l'art à l'imitation pure et simple de la nature. Pour les œuvres dont il s'agit là, qui n'avaient d'autre ambition que d'être l'image photographique de la vie contemporaine, on peut affirmer sans crainte que ce nouveau genre d'illustration, à l'aide d'un quelconque Kodak, est ce qui convenait le mieux.

Cela me rappelle, dans *Notre Cœur*, le personnage du romancier Lamarthe *armé d'un œil qui cueillait les images, les attitudes et les gestes avec la précision d'un appareil photographique* [1].

Sous ce personnage, c'est Maupassant qui se cachait, à qui Flaubert, comme on sait, avait donné pour recette : « Bien regarder ! » maxime en laquelle,

1. En français dans le texte.

croyait-il, consistait le salut de l'art : — Va faire quelques pas et rapporte-moi en cent lignes ce que tu auras vu.

Mais ni Flaubert ni Maupassant, pour grands artistes qu'ils étaient, ne réussirent à devenir photographes — en dépit de leur théorie — et le premier même ne fut même pas un véritable naturaliste. Ce qui distingue nature et art, à savoir justement la modification que l'art impose à la nature, éclate en effet dans le dédain ironique de Flaubert à l'égard d'une réalité médiocre que par système il avait choisi de décrire et que par instinct il haïssait ; éclate aussi dans la résolution de Maupassant à vouloir opposer constamment l'instinct sûr et ferme à la raison incertaine et vacillante, désignant la bestialité comme le fond même de notre être, un fond solide et seul capable de nous maintenir contre les caprices de l'imagination et les erreurs de l'intelligence.

Peintres donc, tout au plus, mais photographes certainement non. Et peintres encore de tout autre manière que l'entendait Blaise Pascal qui s'écriait : « Quelle vanité que la peinture ! » en se référant de toute évidence à un concept déjà exprimé par Aristote dans sa *Poétique* et repris depuis par tant d'autres, sans tenir compte de la réfraction des objets dans l'esprit de l'artiste et s'imaginant que la peinture ne pouvait avoir d'autre but que de susciter l'admiration *pour la ressemblance des choses dont nous n'admirons pas les originaux* [1].

Mais revenons à l'illustration.

On en fait aujourd'hui un très grand étalage non

1. En français dans le texte.

seulement dans les livres, les revues, les journaux, mais partout. Et soit dit en passant, jusque dans la musique.

Que fait donc le musicien, sinon peut-être lui aussi un travail d'illustrateur lorsque, prenant un drame ou une pièce quelconque, mais achevée dans toutes ses parties (*la Tosca*, par exemple, ou *la Fedora*) il l'encadre et il l'orne de commentaires orchestraux, y ajoutant ici et là une mélodie illustrative ?

En toute rigueur, le livret d'un opéra devrait être à la lecture quasi inintelligible et paraître en tant qu'œuvre d'art incomplet ou mutilé, laissant donc le lecteur en suspens et insatisfait, animé du vif désir de connaître ce qui manque et qui, loin d'être accessoire, constitue l'essentiel : à savoir la musique qui, unie à lui, confondue avec lui, devrait former l'œuvre d'art totale : l'opéra.

Quiconque met en musique *la Tosca* ou *Fedora* montre qu'il ne comprend pas ou ne désire pas comprendre ce qu'est ou doit être l'opéra pour la raison on ne peut plus simple que la musique dans de telles œuvres, pour achevées qu'elles soient, représente non seulement une garniture superflue et ennuyeuse, mais au sens classique du mot une indigne contamination.

Ce qu'est aussi à l'inverse, selon ma manière de voir, non seulement l'illustration photographique mais également artistique dans un recueil de poésie.

Car si la musique est gênante dans la mesure où elle introduit le vague qui est le propre de ses formes et de ses moyens parmi les idées et les faits précis d'un drame réaliste, l'illustration le sera aussi dans la mesure où elle détermine et fixe avec trop de précision les images du poète, quand elle ne les falsifie pas.

C'est là le problème esthétique déjà posé depuis

longtemps que Lessing a résolu en s'opposant aux idées de Spencer sur l'étroite union de la poésie et de la peinture chez les Anciens et aux idées du comte de Caylus qui jugeait de la valeur d'un poème selon qu'il pouvait ou non faire l'objet d'un tableau. Problème que Croce déclare à tort inexistant en croyant qu'entre le fait esthétique — la vision artistique — et le fait physique — l'instrument utilisé pour la reproduction — le rapport est purement extrinsèque.

Or, en art, ce que Croce appelle l'activité théorétique se réduit à mes yeux à rien si le fait esthétique n'est pas intégré par l'activité pratique au point de ne faire qu'un avec elle. Technique et moyens de communication de la représentation esthétique (mots, sons musicaux, couleurs, etc.) ne sauraient avoir pour moi un rapport extrinsèque quelconque avec le fait esthétique interne, mais constituent bien au contraire le fait esthétique lui-même, et non un seul fait esthétique, mais tantôt celui-ci ou tantôt celui-là. La technique pour moi, somme toute, est l'activité spirituelle elle-même qui se libère peu à peu en mouvements qui la traduisent en un langage d'apparences. Libre et spontanée, cette technique est le mouvement immédiat de la forme. De l'esprit du peintre, le tableau descend dans ses doigts, les anime et son action ne cesse qu'au moment où son reflet se trouvera fixé sur la toile.

Somme toute, l'exécution est la conception elle-même, vivante et en acte. A la conception de l'artiste ne succède pas le travail à froid de l'artisan. Il s'agit de créer une réalité qui, tout comme l'image qui vit dans l'esprit de l'artiste, soit à la fois matérielle et spirituelle : une apparence qui soit l'image, mais image devenue sensible. Or, la chose ne peut se produire que si l'image tend spontanément à se transformer en ce mouvement qui la réalise. L'activité pratique, la technique, le travail doivent être spontanés et quasi inconscients. La science acquise ne peut être mise à contribution par le moyen de la réflexion. La technique doit s'être muée chez l'artiste en l'équivalent d'un instinct. Et créer justement en soi ce mobile et sûr instinct, cette espèce de fatalité qui, sous la pression du désir, établit la correspondance de l'image avec le mouvement qui l'exprime, s'approprier le langage technique de l'art jusqu'à le parler naturellement, telle est la première condition à l'existence d'un vrai artiste.

C'est en ce sens que, dans le domaine de l'art, il faut entendre l'activité pratique, la technique, les moyens de communication de la représentation, le rapport entre fait physique et esthétique dont on compromet l'unité au lieu de la sauvegarder en distinguant deux faits là où il n'y en a qu'un seul. Dès lors, on saisira sans peine que ce fait esthétique ne peut être unique et identique pour tous les arts, que la diversité extérieure de ces arts implique la même diversité au niveau du fait intérieur. Ce n'est pas le hasard ou l'activité pratique au sens où Croce l'entend qui fait d'un artiste un peintre, un musicien ou un poète. Quiconque tire d'un paysage une impression plutôt qu'une image, quiconque imagine des formes vagues plutôt que des visions précises, tout en ayant l'âme remuée par de très profonds sentiments, trouve dans la musique son langage naturel. La pensée du peintre est vision ; sa logique est pour ainsi dire jeux expressifs d'une lumière qui tantôt resplendit et tantôt s'atténue et ses sentiments ont couleur et forme ou, mieux encore, couleur et forme sont à ses yeux des sentiments.

Le poète, en vérité, est moins limité que le peintre et moins libre que le musicien. Sans doute, il arrive parfois — et les exemples ne manquent pas — qu'un écrivain doué d'une imagination picturale voie plus qu'il ne pense et qu'un peintre philosophe pense au lieu de voir. L'écrivain délaie en dix pages ce qu'un seul regard suffit à saisir. Le peintre superpose la succession de ses idées en une image qui se divise comme l'acte de l'esprit qui l'a conçue. Dans les deux cas, l'œuvre aura besoin d'un commentaire : celle du peintre pour être comprise ; celle de l'écrivain pour être vue.

« Quand Lessing dans *Laocoon*, écrit Cesareo, a marqué les limites entre peinture et poésie, il n'a fait qu'agiter une question de technique, et l'on ne peut dire qu'il ait eu tort. La technique de la peinture, qui est représentation d'un *moment* dans l'espace, exclut toute succession temporelle : une loi physique nous interdit de voir en même temps deux aspects différents d'une même chose. De même la technique de la poésie, qui est représentation de plusieurs moments consécutifs dans le temps, exclut au contraire qu'on s'attarde trop longuement aux détails de chacun de ces moments : une loi psychique nous interdit de rassembler en une image unique et complète des choses évoquées en des moments distincts. Plus immédiate sera la perception sensible de la chose, plus le poète se verra empêché de la morceler. L'œuvre d'art n'est pas perception : elle est réglée sur les résultats expérimentaux de cette dernière. Or, une perception unique et synthétique ne peut se fractionner en plusieurs sensations ultérieures, analytiques et impropres. Cela reviendrait à décomposer l'unité concrète de la perception en une synthèse de sensations ; l'individu s'exprimerait non plus psychologiquement, mais logiquement. Si le poète a toute licence de représenter des perceptions successives dans le temps, il ne lui est pas permis de décrire les détails d'une vision instantanée dans l'espace. C'est pourquoi les portraits d'hommes ou de femmes en forme de fiches de signalement, les descriptions prolixes de paysages pris sur le vif ou de natures mortes qui ont tant plu à Emile Zola, les transpositions en vers de tableaux célèbres et autres exercices pour dilettantes désœuvrés ne sont point du tout de la poésie. Mais, dira-t-on, comment diable un poète devra-t-il donc s'y prendre pour représenter son intuition de la beauté : une jeune femme, un jardin, une mer en furie, un ciel étoilé, et j'en passe ? A cela, il n'est guère possible de répondre : il existe des normes pour la critique de l'expression, non pour son élaboration. Tout ce qu'on peut dire, c'est que le poète ne doit pas aller à l'encontre de la technique de son art. » Il nous suffira de rappeler de quelle manière Dante représente la beauté de Béatrice ou de citer le vieil exemple toujours significatif d'Homère qui ne décrit la beauté d'Hélène que par la stupeur des vieillards de Troie au passage de cette femme fatale.

Il résulte de tout cela que la peinture est plus limitée que la poésie et que, par conséquent, aussi bien qu'il interprète le sentiment du poète, l'illustrateur ne réussira jamais, en raison de la nature de son art, à rendre ce qu'il y a de fluctuant dans l'expression poétique. Rendu visible, en quelque sorte matérialisé par les contours du dessin, le sentiment devient sensation. Ainsi fixées, les images du poète sautent aux yeux.

Ceci, je le répète, lorsque l'illustrateur ne fausse pas, c'est-à-dire n'interprète pas mal l'image exprimée par le poète. Mais il est si difficile, pour ne pas dire impossible, d'interpréter fidèlement ! Plus l'artiste a de valeur, plus il voit et s'exprime d'une manière qui lui est propre et particulière. Placés dans les mêmes conditions de lumière et d'ambiance en face de quelqu'un qui vit et respire sous leurs yeux, trois peintres feront de cette personne trois portraits différents : imaginons ce qu'il en serait d'une figure idéale, d'une scène fictive dans un livre ! C'est ce que vous dira celui qui a connu la mésaventure de voir publier un de ses romans ou une de ses nouvelles dans une revue illustrée.

De cette impossibilité, ou presque, d'une fidèle interprétation, en un sens différent et dans un autre domaine, celui qui écrit pour le théâtre peut également parler. Car en ce qui touche l'art dramatique, la scène est-elle vraiment autre chose qu'une grande image vivante en action ? Et que sont les comédiens, sinon des illustrateurs ? Mais dont, hélas ! on ne peut se passer.

Lorsque nous lisons un roman ou une nouvelle, nous nous ingénions à nous figurer les personnages et les scènes comme l'auteur, chemin faisant, les décrit et les représente. Or, supposons un instant que soudain, par un prodige, ces personnages bondissent tout vifs hors du livre devant nous, dans notre chambre, et se mettent à parler avec leur propre voix, à se mouvoir et à vivre l'action de l'histoire sans le soutien descriptif ou narratif de l'ouvrage.

Pourquoi s'en étonnerait-on ? C'est précisément ce prodige qu'accomplit l'art dramatique.

Qu'on se souvienne de la belle « romance » fantastique de Henri Heine sur Jaufre Rudel et Mélisande.

« Au château de Blaye chaque nuit, on entend un tremblement, des craquements, un murmure : les personnages des tapisseries se mettent soudain à remuer. Le troubadour et sa dame secouent leurs membres endormis de fantômes, descendent de la paroi et se promènent de long en large dans la salle. »

Ici le prodige s'opère par la grâce d'un rayon de lune dans le vieux château inhabité. Les grands tragiques grecs l'avaient, eux, réalisé en dotant d'un puissant souffle lyrique les grandioses figures de haute lice de l'époque et des antiques légendes helléniques. Shakespeare ensuite les égala en tirant de l'histoire romaine et anglaise leurs figures les plus dramatiquement complexes ou d'autres personnages encore de la trame si bien ourdie de nouvelles italiennes.

Mais pour que de tels personnages bondissent tout vifs et remuants de la page écrite, il faut que le dramaturge trouve la parole qui soit l'action parlée elle-même, la parole vivante qui donne le mouvement, l'expression immédiate, de nature identique à l'acte, l'expression unique, qui ne peut être que celle-là, c'est-à-dire propre à ce personnage donné dans cette situation donnée. Paroles, expressions qui ne s'inventent pas, mais qui naissent lorsque l'auteur s'est véritablement identifié avec sa créature jusqu'à la ressentir telle qu'elle se ressent, à la vouloir telle qu'elle se veut.

Le phénomène le plus élémentaire qu'on trouve dans l'exécution de toute œuvre d'art est le suivant : une image (à savoir cette espèce d'être immatériel et cependant vivant que l'artiste a conçu et développé par l'activité créatrice de l'esprit), une image qui tend à devenir — ainsi que nous l'avons dit — le mouvement qui la rend effective et réelle, à l'extérieur, hors de l'artiste.

L'exécution exige qu'elle bondisse toute vive de la conception et seulement par sa propre vertu, d'un mouvement non pas provoqué industrieusement, mais libre, c'est-à-dire né de l'image elle-même qui veut se libérer, se traduire en une réalité et vivre. Il s'agit de créer, avons-nous dit, une réalité qui, comme l'image, soit à la fois matérielle et spirituelle, une apparence qui soit l'image, mais devenue sensible. A l'ensemble des images organisées dans la conception artistique devra répondre par conséquent un ensemble de mouvements organisés, combinés selon les mêmes rapports et tendant à créer une apparence qui, sans altérer les caractères propres à l'image, sans rompre le moins du monde l'harmonie spirituelle de celle-ci, la fasse pénétrer dans le monde réel. Dans l'exécution, on devrait donc retrouver tous les caractères de la conception.

L'art dramatique est-il à même de réaliser ce miracle ?

Toujours, hélas ! entre l'auteur dramatique et sa créature, au sein de la matérialité de la représentation, s'introduit nécessairement un tiers élément qu'on ne peut tenir pour négligeable : l'acteur.

C'est là, comme on sait, pour l'art dramatique, une inévitable sujétion.

De la même façon que l'auteur, pour faire œuvre vivante, doit s'identifier avec sa créature jusqu'à la ressentir comme elle se ressent elle-même, à la vouloir comme elle se veut elle-même, ainsi et pas autrement, dans la mesure du possible, devrait-il en être de l'acteur. Mais même dans le cas où existerait un grand acteur capable de se dépouiller totalement de son individualité pour habiter le personnage qu'il doit représenter, l'incarnation pleine et parfaite n'en serait pas moins empêchée pour des raisons irrémédiables : le visage de cet acteur par exemple. A cet inconvénient, le maquillage supplée en partie. Mais on obtient alors toujours une adaptation, un masque plutôt qu'une vraie incarnation.

Cette même surprise désagréable que nous éprouvons à voir un dessinateur illustrer tel personnage ou telle scène, dans un livre que nous lisons, d'une manière toute différente de ce que nous avions imaginé, il ne fait pas de doute que l'auteur dramatique l'éprouve à voir des acteurs jouer son drame au théâtre. Quel que soit l'effort de l'acteur pour pénétrer les intentions de l'écrivain, il ne réussira qu'avec peine à voir comme l'auteur l'a senti, à le rendre sur la scène comme il l'a voulu.

Si le prodige dont je viens de parler pouvait se réaliser, c'est-à-dire s'il nous était donné de voir, en lisant un roman, bondir tout vifs devant nous les personnages jaillis du livre, et si on les voyait alors non pas tels que nous les avions imaginés, mais comme les a représentés l'illustrateur responsable de notre désagréable surprise, c'est la souffrance, c'est certainement le sentiment d'être violenté, plongé dans un cauchemar qu'on éprouverait. On se révolterait, on crierait :

— Non, pas comme ça ! Pas comme ça !

Or, c'est bien cette phrase-là qu'assistant aux répétitions d'une de ses pièces, le pauvre auteur dramatique est amené à crier mille fois, mis au supplice par le dépit, la rage, la douleur de voir que, traduit en une réalité matérielle qui fatalement sera autre, son ouvrage ne correspond pas à la conception et à l'exécution idéale qui lui appartenaient en propre.

Mais ainsi rappelé à l'ordre, l'acteur lui aussi va

souffrir : un acteur qui, à son tour, voit et sent d'autre manière et considère comme un cauchemar, comme une violence à lui faite, la volonté et la vision de l'auteur. Car l'acteur, s'il ne veut pas (et il ne peut pas le vouloir) que les paroles écrites du drame lui sortent de la bouche comme d'un porte-voix ou d'un phonographe, doit reconcevoir le personnage, c'est-à-dire, de son côté, le concevoir pour son propre compte. Il est nécessaire que l'image déjà exprimée revienne s'organiser en lui et tende à devenir le mouvement qui la rend effective et réelle sur la scène. Pour lui, somme toute, il faut aussi que l'exécution bondisse toute vive de la conception, et seulement par sa propre vertu, c'est-à-dire par des mouvements issus de l'image elle-même, vivante et opérante non seulement à l'intérieur de lui-même mais en lui et avec lui devenue une âme et un corps.

Or, bien qu'elle ne soit pas née dans l'acteur spontanément, mais suscitée dans son esprit par l'expression du poète, cette image pourra-t-elle être jamais la même ? Ne va-t-elle pas s'altérer, se modifier en passant d'un esprit dans un autre ?

Elle ne sera plus la même. Ce sera plutôt une image approximative, plus ou moins ressemblante. Mais la même, non. Sur la scène, tel personnage prononcera les paroles du drame écrit, mais il ne sera jamais le personnage du poète, car l'acteur l'aura recréé en lui, et l'expression sera sienne — alors même que les paroles ne le sont pas — tout comme la voix, le corps, le geste.

Nous touchons là précisément au problème du traducteur.

Tout bien considéré, illustrateurs, acteurs et traducteurs se trouvent en fait dans la même situation, lorsqu'on porte sur eux un jugement esthétique.

Tous trois ont devant eux une œuvre d'art déjà exprimée, conçue et exécutée par d'autres, que le premier devra « traduire » dans un autre art, le second en une action matérielle, le troisième dans une autre langue.

Comment se peut-il que de telles *traductions* soient possibles ?

Benedetto Croce note ici avec raison, dans son *Esthétique,* que ce qui a déjà forme esthétique ne peut être réduit à une autre forme, pour esthétique qu'elle soit aussi, et que donc toute traduction ou amenuise ou défigure : il n'existe qu'une expression, celle de l'original, l'autre se présentant toujours comme plus ou moins déficiente, c'est-à-dire n'étant jamais exactement une expression. Il n'y a somme toute jamais reproduction de la même expression originale, mais tout au plus production d'une expression ressemblante, plus ou moins proche de l'archétype.

Ce que Croce dit à propos des traductions proprement dites, à savoir la traduction d'une langue dans une autre, est également valable pour l'illustrateur et l'acteur, comme sont pareils, dans les trois cas, l'amenuisement et la défiguration.

Considérons d'abord l'acteur.

La réalité quotidienne et matérielle de la vie limite les choses, les hommes et leurs actions, les contrarie et les déforme. Dans cette réalité, les actions qui donnent du relief à un caractère se détachent sur un fond de contingences sans valeur, de détails communs. Mille obstacles imprévus et soudains gauchissent les actions et dénaturent les caractères ; de petites et vulgaires misères les amenuisent fréquemment. L'art au contraire libère les choses, les hommes et leurs actions de ces contingences sans valeur, de ces détails communs, de ces obstacles vulgaires ou de ces petites misères. Il les tire, en un certain sens, du côté de l'abstraction ; c'est-à-dire qu'il rejette, sans même y prendre garde, tout ce qui contrarie la conception de l'artiste et regroupe inversement tout ce qui, en accord avec elle, lui donne plus de force et de richesse. Ainsi l'art crée une œuvre qui loin d'être, comme la nature, sans ordre (tout au moins apparent) et hérissée de contradictions, forme presque un petit monde dont tous les éléments se tiennent mutuellement et mutuellement coopèrent. En ce sens précis seulement, l'artiste idéalise. Non qu'il représente des types ou dépeigne des idées : il simplifie et concentre. L'idée des personnages, le sentiment qui émane d'eux appellent des images expressives, les groupent, et les combinent. Les détails inutiles s'effacent, tout ce qu'impose la logique vivante du caractère se trouve réuni, concentré dans l'unité d'un être moins réel et cependant plus vrai.

Et maintenant, que fait l'acteur ? Exactement l'inverse de ce que l'auteur a fait. Il rend plus réel et cependant moins vrai le personnage que le poète a créé, il lui ôte en vérité idéale et supérieure ce qu'il lui donne en réalité matérielle et commune. Il le rend également d'autant moins vrai qu'il le transpose dans la matérialité fictive et conventionnelle de la scène. Bref, l'acteur donne une consistance artificielle, au sein d'une ambiance factice et illusoire, à des personnes et des actions déjà dotées auparavant d'une expression de vie très au-dessus des contingences matérielles et qui vivent déjà dans l'idéalité essentielle de la poésie, c'est-à-dire dans une réalité supérieure.

Le même phénomène se produit dans les traductions d'une langue à une autre (spécialement en poésie). Souvenons-nous de ce que Dante dit dans *le Banquet* : « Que chacun sache cependant que nulle chose par un lien poétique harmonisée ne se peut de son langage en un autre transmuer sans rompre toute sa douceur et harmonie. »

Ce serait comme transplanter un arbre qui est né en une autre terre et qui a fleuri sous d'autres climats dans un terrain qui n'est plus le sien : sous ce climat nouveau, il perdra sa verdure et ses fleurs. Par la verdure et par les feuilles, nous entendons les mots primitifs, et par les fleurs, ces grâces particulières de la langue, l'harmonie essentielle qui lui est propre, toutes choses inimitables. Les mots d'une langue ont pour le peuple qui la parle une valeur qui va au-delà de leur sens pour ainsi dire matériel et qui leur confère des éléments que l'examen le plus subtil ne révèle pas puisque, comme l'âme, ils sont tout à fait impalpables : toute langue inspire un sentiment particulier d'elle-même et sa valeur réside jusque dans la forme graphique des mots. Si nous traduisons le mot allemand *Liebe* par le mot italien *amore*, nous n'exprimons que le contenu conceptuel du mot, rien de plus. Mais le son ? Ce son tout particulier avec l'écho qu'il éveille dans l'esprit et auquel il est possible qu'en ce point donné du discours, le poète ait voulu avoir recours ? Et la grâce qui provient de la disposition spéciale des mots, des constructions, des tournures propres à un idiome ? Nous aurons donc, je le reconnais, transplanté l'arbre, mais en l'obligeant à se vêtir d'autres feuilles, à se couvrir d'autres fleurs : feuilles et fleurs brilleront et bruiront autrement parce qu'animées par une autre aura idéale. Dans le meilleur des cas, l'arbre aura cessé d'être le même, alors que, dans le pire des cas, plus nous nous serons efforcés de lui conserver sa luxuriance première, plus il nous apparaîtra misérable et chétif.

Dans ses *Pensées et Discours,* Giovanni Pascoli, parlant de l'art et des possibilités de la traduction en ce qui concerne spécialement les classiques anciens, écrit ceci : « ... " Qu'est-ce que traduire ? " Question que se posait, il y a peu, le plus génial des philosophes allemands, et voici ce qu'il répondait : " Le dehors doit devenir nouveau et le dedans rester tel quel. Ou, avec plus de précision : l'âme demeure, le corps change. La vraie traduction est métempsycose. " On ne saurait mieux dire, mais cette tranchante définition ne coupe court à aucun de mes doutes, de nos doutes. Changer de vêtement (travestir) peut s'entendre en italien dans le sens de « travestissement » et « travestir » en Italie a mauvaise réputation. Donc, entendons-nous bien : ce que nous avons à faire, c'est non travestir l'écrivain ancien, mais lui donner un habit neuf. Travestir, nous l'avons fait, et beaucoup trop, dans le passé, exprès tout comme sans le vouloir. Les destinées particulières de la langue et de la littérature y sont peut-être pour quelque chose, d'où il résulte qu'en ce qui nous concerne, le problème de la traduction est loin de nous paraître aussi simple. Nous ne disposons pas toujours ou il est rare que nous disposions de l'habit qui conviendrait à l'écrivain ancien, fût-il prosateur ou poète ; du moins nous ne l'avons pas là, sous la main, et c'est à peine si, tout au moins, nous sommes capables de le choisir au pied levé. Quant à cette métempsycose (en nous limitant, bien sûr, au problème de la traduction), la distinction du corps et de l'âme est-elle vraiment justifiée ? Je ne le pense pas. En changeant de corps, on change d'âme. Il s'agit donc non de conserver au texte antique une âme ancienne dans un corps neuf, mais de prendre garde de la déformer le moins possible : il s'agit de choisir le vêtement neuf qui évitera le plus à ce qui est vieux d'avoir l'air différent de ce qu'il est, de paraître gauche et ridicule. Bref, il nous faut, en traduisant, savoir respecter les rapports qui se trouvent dans le texte entre la pensée et la forme, l'âme et le corps, le dedans et le dehors. »

Pascoli observe finement qu'il n'est pas juste de distinguer le corps de l'âme : en changeant le corps, on change l'âme. Mais qu'entend-il par corps et âme ? Par corps, il entend la forme et par âme la pensée. Et comme si De Sanctis et, après lui, tant d'autres hommes de valeur qui ont discuté de critique esthétique avaient prêché dans le désert, voici qu'hélas il retombe dans la vieille erreur de la critique classique et romantique qui considère la forme comme *quelque chose d'extérieur*.

Mais s'il était vraiment possible de séparer le contenu artistique de sa forme, c'est le corps qui serait la pensée et l'âme qui serait la forme. La pensée d'un écrivain, qu'il soit moderne ou ancien, ce qu'il a voulu dire, somme toute le contenu conceptuel de l'œuvre, il nous est parfaitement possible de le rendre, de le traduire dans une autre langue, de le faire comprendre d'une façon ou d'une autre : l'âme, au contraire, c'est impossible, c'est-à-dire la forme qui, en art, résume tout. En changeant le corps, à savoir la pensée, on change l'âme, à savoir la forme : cela va de soi. Mais en conservant le corps qui est la pensée, peut-on lui donner une âme, une forme d'expression différente ? C'est là ce que tente la traduction. Et c'est tenter l'impossible : comment faire revivre un cadavre en lui insufflant une autre âme ?

Le comte de Caylus voulait que l'on jugeât de la valeur d'un poème selon qu'un peintre pouvait ou non en tirer le sujet d'une toile. De la même manière, c'est à l'épreuve de la représentation qu'on entend juger de la valeur d'un drame ; on va même jusqu'à déclarer qu'il est totalement impossible de juger un drame *écrit*, c'est-à-dire tel que le poète l'a composé. Or, nous venons de démontrer que loin d'être la représentation exacte et authentique de l'œuvre primitive et originale, le spectacle théâtral n'en est que la traduction, à savoir quelque chose qui lui ressemble, plus ou moins proche de l'archétype, mais jamais vraiment identique. Et nous avons dit aussi les raisons pour lesquelles il s'agit toujours plus ou moins d'une expression défigurée et amenuisée.

A un degré beaucoup plus faible, on peut en dire tout autant de la traduction que nécessairement chacun de nous se fait d'une œuvre, sinon dans l'acte même de lire durant lequel l'esprit se trouve disposé à accueillir et à refléter les idées qu'expose l'écrivain ou les impressions que l'œuvre procure, du moins lorsque nous rapportons soit à autrui, soit à nous-mêmes ces idées et ces impressions acquises avec la lecture, c'est-à-dire lorsque nous *repensons* l'œuvre lue. Dès que d'un esprit à un autre il y aura eu transmission, les modifications sont inévitables. Combien d'auteurs sont douloureusement surpris par ce qu'est devenue leur œuvre dans l'esprit de tel ou tel lecteur qui pourtant les félicite d'avoir réussi des effets dont ils n'avaient même pas rêvé :

— Ce que tu as pu me faire rire !

Mais cet écrivain justement n'entendait pas le moins du monde provoquer le plus petit rire. Qu'il est rare, tout au contraire, que l'auteur puisse prendre plaisir à ce que pour un critique ou pour un lecteur quelconque son œuvre soit restée à peu près celle-là même qu'il a exprimée, et non une autre mal repensée et arbitrairement reproduite.

C'est en cela précisément que réside la difficulté majeure de la critique. Ce qu'il importe avant tout d'éviter, c'est de présumer que, hors de notre moi, les autres soient tels que nous les voyons. Cette présomption signifie que nous avons une conscience unilatérale, que nous n'avons pas conscience des autres, que nous ne les réalisons pas en nous, pour reprendre une expression de Josiah Royce, selon une représentation qui soit viable aussi bien pour eux que pour nous. Le monde n'est pas limité à l'idée que nous pouvons nous en faire : hors de nous, ce monde existe pour lui-même et avec nous. Il nous faut donc, dans la représentation que nous nous en faisons, nous appliquer à le réaliser au plus près, nous donner une conscience au sein de laquelle il soit vivant, en nous comme en lui-même, le voyant comme il se voit et le sentant comme il se sent.

Or, cet effort de réalisation est extrêmement difficile. Il peut arriver, il arrive même fréquemment qu'à mesure que nous lisons, nous repensions mieux que l'écrivain ce que l'écrivain a pensé, que nous nous exprimions mieux que lui ce que l'auteur a mal exprimé ou pas exprimé du tout, que nous trouvions dans un livre ce qui au fond ne s'y trouve pas : bref, que nous réalisions nous-mêmes ce que l'auteur n'a pas réussi à réaliser.

C'est le cas du comédien qui, dans la représentation théâtrale, ne défigure pas mais améliore, n'amoindrit pas mais magnifie le drame qui lui est confié. Mais dans ce cas (qui, à vrai dire, est plutôt fréquent) le mérite revient à l'acteur et le drame est alors mauvais. De même une traduction peut être meilleure que l'original. Mais alors l'original devient la traduction dans la mesure où le traducteur a pris cet original comme une matière brute qu'il a recréée selon sa propre inspiration : de la même manière que l'acteur qui aura pris le drame comme un vulgaire canevas et lui aura infusé la vie sur scène. Pareille chose peut encore se répéter avec les illustrateurs qui prennent pour matière insuffisamment exprimée les œuvres de ces écrivains secondaires, descriptifs ou pleins d'ornements, qui possèdent un talent de peintre mais naturellement ne parviennent pas, la parole les trahissant comme instrument de communication, à faire voir leurs tableaux.

Un journal de Rome récemment invitait nos écrivains de théâtre à participer à un référendum destiné à nous apprendre si oui ou non les acteurs avaient le droit de juger les drames et les comédies qu'on leur proposait de jouer ; ou, en d'autres termes, si ces acteurs devaient être ou non considérés comme des instruments de communication plus ou moins efficaces entre l'écrivain et le public, unique juge légitime.

Aucun de ceux qui répondirent à cette enquête n'a su soulever le problème plus vaste que tout esprit un peu aigu et perspicace aurait dû voir se dégager du questionnaire. On a coutume de dire que l'auteur n'est jamais bon juge de son œuvre et que l'acteur est incapable de reconnaître les qualités artistiques d'un drame où il ne cherche qu'un *rôle en or*, et s'il le trouve, le drame est bon, s'il ne le trouve pas, exécrable.

Il est de fait que pour l'écrivain la réflexion est presque une forme de sentiment : à mesure que l'œuvre se fait, cette réflexion la critique, non pas froidement comme le ferait, par l'analyse, un juge libre de toute passion, mais spontanément, d'après l'impression qu'il en reçoit. L'œuvre somme toute est chez l'écrivain l'équivalent d'un sentiment analogue à celui qu'elle éveille chez le spectateur : *mise à l'épreuve* plutôt que *jugée*.

Le même phénomène se passe chez l'acteur qui ne peut être en aucune façon un instrument de communication mécanique ou passif. S'il examinait à froid l'œuvre qu'il doit jouer, comme le ferait, par l'analyse, un juge libre de toute passion, et si de ce froid examen, de cette analyse sans passion, il tentait de s'élever à l'interprétation de son rôle, il ne parviendrait jamais à faire vivre son personnage sur scène. Exactement comme se révélerait incapable de faire œuvre vivante l'écrivain qui n'aurait pas éprouvé d'abord le sentiment d'inspiration, qui n'aurait pas eu la vision de l'ensemble et composerait morceau par morceau les différents éléments avant de les réunir dans un effort de composition réfléchie, comme se déduit une conclusion dans le cas d'un raisonnement. L'acteur, en somme, lui aussi, *met à l'épreuve* et ne *juge* pas. Tout comme l'auteur spontanément, par l'émotion, une soudaine sympathie, sent le sujet qui lui convient dans une circonstance de la vie, commune et plate pour les autres, ou dans un épisode de l'histoire, de même il faut que l'acteur, par l'émotion, une soudaine sympathie, sente le rôle qui lui convient, il faut qu'aussitôt en lui-même il *mette à l'épreuve* le personnage qu'il a à faire vivre sur la scène.

Mais naturellement l'acteur, puisqu'il vit au théâtre et du théâtre, c'est-à-dire parmi tout ce qu'il y a de postiche et de conventionnel sur les tréteaux, est souvent amené à voir surtout ce que l'œuvre d'art comporte de théâtral. Un peu comme le dessinateur, dans un livre qu'il doit illustrer, ne voit que ce qui s'y prête le mieux. Bref, l'acteur, plutôt que les raisons idéales de l'art, voit les motivations matérielles de la scène et, plutôt que la vérité supérieure de l'expression artistique, la réalité fictive de son futur jeu scénique.

N'est-on pas en droit de se demander si en composant leurs drames pour cet acteur-ci ou cet acteur-là, certains écrivains de théâtre ne sacrifient pas à cette seconde réalité fictive et postiche de la scène cette première vérité de l'art, supérieure, essentielle et caractéristique ? Si d'un point de vue esthétique, ils ne se trouvent pas, en un certain sens, dans la même situation que ces poétaillons qui acceptent d'écrire des bouts rimés sous les images de certaines revues illustrées ? Les uns et les autres, en tout cas, montrent ainsi qu'ils n'entendent rien au degré d'idéalité et à la fonction de leur art. Mais les moins à blâmer sans doute sont les écrivains de théâtre qui, en agissant ainsi, obéissent au fond à une triste nécessité inhérente à leur art. Ne prêtant attention qu'à cet acteur ou cette actrice du théâtre comique plutôt qu'aux créations de leur imagination et s'abandonnant, hélas, à ce que leur virtuosité peut inspirer ou suggérer ; partant ainsi de considérations plus ou moins pratiques et, pour nourrir leur ouvrage, recourant de sang-froid aux images que cet acteur-ci ou cet acteur-là a déjà fixées et incarnées, quelles œuvres pourront-ils produire ? Avant tout, des œuvres esclaves de ces acteurs, de leurs moyens, de leurs attitudes : non des œuvres d'art. Car l'art a un besoin imprescriptible de liberté.

Ce n'est pas le drame qui fait les personnages, mais les personnages qui font le drame. Il importe donc avant tout de les avoir, ces personnages, mis en état de liberté. C'est avec eux et en eux que le drame se fera. Pour se manifester en acte et vivre sous nos yeux, toute idée, toute action a besoin de la *libre* individualité humaine pour y apparaître en tant que mouvement affectif : somme toute, il faut des caractères. Ce caractère sera d'autant plus déterminé et supérieur qu'il sera ou se montrera moins assujetti à l'intention et aux moyens de l'auteur, aux nécessités de développement du fait imaginé, moins réduit au rôle d'instrument passif d'une action donnée pour, au contraire, offrir à voir en chacun de ses actes un être qui lui appartient en propre en même temps qu'une spécificité concrète.

Tels sont les caractères que Shakespeare a créés. Et ici les « illustrateurs » de théâtre ne triompheront pas facilement. Car d'où vient que les interprètes de Shakespeare sont en fait si rares et si médiocres ? De ce que ces figures tragiques sont si grandioses et possèdent des traits de caractère si fortement dessinés que seul un très petit nombre d'acteurs réussissent à les remplir de leur personnalité : quiconque se risque à en tracer une silhouette selon sa propre fantaisie montre aussitôt, au sein de l'image qu'est la scène, sa petitesse et sa ridicule mesquinerie.

Le drame comme œuvre d'art déjà exprimée et vivante dans son idéalité essentielle et caractéristique est une chose ; la représentation en est une autre, en tant que traduction ou interprétation de l'œuvre d'art, copie plus ou moins ressemblante qui vit dans une réalité matérielle pourtant fictive et illusoire. Si nous poussons cette enquête d'ordre esthétique jusqu'à ses dernières conséquences, si nous souhaitons voir au théâtre, non pas une traduction plus ou moins fidèle, mais vraiment *l'original,* ce qui fera l'affaire n'est rien d'autre que la *Commedia dell' arte :* un schéma embryonnaire et la libre création de l'acteur. Ce qui serait toujours, comme cela fut, quelque chose de trivial, parce qu'œuvre d'improvisation en laquelle ne peut s'opérer cette mise à l'écart des détails courants et communs au profit de cette simplification et de cette concentration idéale qui caractérisent toute œuvre d'art supérieure.

2.

THÉATRE NOUVEAU ET THÉATRE ANCIEN

Peut-être connaissez-vous déjà l'aventure de ce pauvre campagnard qui, ayant entendu son curé se plaindre d'être incapable de lire faute d'avoir ses lunettes sur lui, eut un éclair de génie et conçut l'idée saugrenue qu'il suffisait, pour savoir lire, de posséder une paire de lunettes. De sorte qu'il s'en vint à la ville, entra chez un opticien et demanda :

— Des lunettes pour lire !

Comme aucune paire de lunettes ne lui procurait le don de savoir lire, l'opticien impatienté, après avoir mis sens dessus dessous la moitié de sa boutique, finit par l'apostropher :

— Mais dites-moi donc, vous savez lire ?

A quoi, étonné, notre homme des champs de répondre :

— Elle est bien bonne ! Vous croyez que si je savais lire, j'aurais pris la peine de venir vous voir ?

Il serait, ma foi, fort souhaitable que le courage et la franchise de ce pauvre diable de campagnard si naïvement étonné se rencontrent chez tous ceux qui, sans rien avoir de personnel à exprimer, s'imaginent qu'une comédie, un drame et pourquoi pas une tragédie, cela peut se faire tout simplement en écrivant à la manière de quelqu'un d'autre.

A la question : — Mais dites-moi donc, vous avez vraiment à nous dire quelque chose qui vous tient à cœur ? il serait souhaitable qu'ils répondent avec courage et franchise :

— Elle est bien bonne ! Si nous avions vraiment à dire quelque chose qui nous tienne à cœur, croyez-vous que nous écririons à la manière de quelqu'un d'autre ?

Mais ce serait là, je l'admets, réellement en demander trop.

On pourrait peut-être se contenter que ces gens se montrent moins irrités lorsqu'on leur fait gentiment remarquer qu'en effet rien n'interdit de faire et de refaire un théâtre déjà fait, mais que cependant cet exercice signifie qu'à défaut de leurs propres yeux, ils ne possèdent qu'une paire de lunettes empruntée au nez d'autrui.

On a dit et répété que de nature le génie latin aurait plutôt la faculté d'imiter et d'ornementer que celle d'inventer ou de créer et que toute l'histoire de notre théâtre et, d'une façon plus générale, de notre littérature ne consistait au fond qu'en une perpétuelle alternance de manières d'écrire imitées. Si bien qu'à y regarder de près, on y trouve d'innombrables lunettes pour un très petit nombre de bons yeux, lesquels cependant n'ont pas dédaigné fort souvent et même tenu pour honorable de chausser d'antiques besicles classiques afin de voir à la manière de Plaute, de Térence ou de Sénèque qui avaient vu, de leur côté, à la manière des tragiques grecs, de Ménandre, de la comédie athénienne. Mais ce qu'on me permettra d'appeler ces « adjuvants visuels » avaient au moins le mérite d'être fabriqués chez nous par une rhétorique qui a toujours, dans notre pays, tenu boutique d'opticien. Des générations de nez ont vu passer d'un nez à l'autre toutes ces paires de lunettes jusqu'au jour où tout à coup, à la naissance du romantisme, on entendit s'élever le cri : « Essayons un peu, Messieurs, d'utiliser nos propres yeux ! » On essaya, mais pour ne voir que peu de chose. Et c'est alors que commença l'importation des lunettes étrangères.

Vieille histoire ! Et je n'en aurais rien dit si vraiment un peu partout, pour s'attirer les faveurs du public, on n'en était pas venu à tenir pour moins utile d'avoir une paire d'yeux bien à soi plutôt que de se trouver muni d'une paire de lunettes empruntées qui font voir les hommes et la vie d'une certaine manière et sous des couleurs données, à savoir comme le veut la mode et comme l'exige le goût des gens. Et malheur à qui dédaigne ou refuse de les chausser, à qui s'obstine à regarder les hommes et la vie à sa guise : de simple qu'elle était, sa manière de voir sera jugée trop nue et de sincère, vulgaire ; intime et perspicace, elle sera obscure et paradoxale. L'expression toute naturelle de cet univers nouveau sera toujours plein, semble-t-il, de défauts épouvantables.

Attardons-nous sur ces défauts. « Ecrire mal » a toujours été — à quelque époque que ce soit — le plus gros et le plus connu. Il est fâcheux d'avoir à le reconnaître, mais dès qu'elles sont originales toutes nos visions de la vie sont toujours mal exprimées. Ou tout au moins furent jugées telles à leur première apparition par ceux surtout que l'on appelle la classe cultivée et le beau monde, cette peste de la société.

Je me suis fort amusé en lisant tout récemment une page de Clive Bell contre cette engeance cultivée. Il arrive, dit-il, de temps à autre qu'un homme de grand génie réussisse à forcer les portes ; mais tant du moins qu'elle en conserve l'apparence, l'originalité déplaît à la classe cultivée. La compagnie de l'homme doué d'un génie original, du moins jusqu'au jour de sa mort, n'a pour elle rien d'agréable. Les gens cultivés adorent celui qui d'une quelconque manière imprévue leur procure exactement ce qu'on leur a enseigné qu'ils étaient en droit d'attendre et, au fond, ils n'aiment pas plus l'art que les philistins ne l'aiment : à ceci près que leur tient à cœur de voir le vieux habillé de neuf ; d'où s'ensuit leur prédilection pour ces confiseurs qui saupoudrent d'art le plus commun de leurs sentiments et de leurs pensées. C'est bien pourquoi la culture ainsi entendue est beaucoup plus dangereuse que l'ignorance des philistins. Elle se donne l'air d'être du côté de l'artiste ; elle étale le « charme » de son goût exquis et parce qu'il lui est permis de parler avec une autorité refusée aux philistins, elle est capable de corrompre : car les artistes fréquemment, puisqu'elle prétend s'intéresser à l'art, sont sensibles à ses jugements. Il serait donc nécessaire que l'artiste, tout comme le public, fût libéré de l'influence des gens cultivés. Et cette libération ne sera complète qu'au moment où ceux qui ont déjà appris à mépriser l'opinion des petits-bourgeois auront également appris à négliger la désapprobation de gens que l'étroitesse de leur sensibilité émotive contraint à considérer l'art comme une élégante distraction.

Oui Messieurs, pour le XVe siècle cultivé, Dante écrivait mal, sa *Divine Comédie* était mal écrite et pas seulement pour avoir été composée, non en latin, mais en langue vulgaire : mal écrite, je le répète, dans cette langue vulgaire elle-même. Et Machiavel ? Il écrit *le Prince* et le voici qui doit non sans honte s'excuser et reconnaître n'être pas assez homme de lettres pour avoir pu l'écrire mieux. Et le *Roland furieux* de l'Arioste, n'est-il pas apparu lui aussi comme une œuvre mal écrite aux yeux des fanatiques du Tasse, ce parangon du style fleuri ? Et c'est non seulement mal écrite, mais écrite on ne peut plus mal qu'apparut la *Science nouvelle* de Vico auquel arriva la mésaventure bien curieuse de se mettre à écrire d'une tout autre façon, au point qu'on le prendrait pour un autre, quand il s'avisa de plaire à tous ceux qui portaient pour lire les lunettes de cette rhétorique qu'il professait ordinairement.

Pour en finir avec cette histoire d'yeux et de lunettes, le plus beau est cependant que ceux qui portent des lunettes (et tous les gens cultivés en ont ou du moins sont supposés devoir en posséder, d'autant plus qu'ils font semblant de ne pas s'en apercevoir) vont prêchant qu'il faut en art, absolument, n'avoir que ses propres yeux. Ce qui ne les empêche pas de s'en prendre à celui qui, plus ou moins bien, se sert des siens. Car bien sûr, entendons-nous, des yeux à soi, tant que vous voudrez, mais qui doivent être et qui doivent voir en tout point comme leurs yeux à eux qui, à l'inverse, sont des lunettes, puisqu'il suffit qu'elles leur tombent du nez pour que s'ouvre une heureuse nuit noire.

Depuis que dans le monde du théâtre se pratique l'importation, il va sans dire que ces lunettes, on se les procure à Paris : marché qui, pour ce genre de commerce, n'est que depuis peu international. Cependant, les usines françaises les plus renommées sont désormais tombées en décadence et ont perdu pour la plupart tout crédit. Naguère et presque partout, on utilisa beaucoup les prestigieuses lunettes de la firme Sardou : certains, chez nous — et non sans profit et considération — n'ont pas cessé de s'en servir, aussi incroyable que cela puisse paraître. Mais le plus incroyable souvent est tout simplement le vrai. La firme Becque, de son côté, à l'enseigne de « La Parisienne », a fourni des verres pour myopes, très forts et très recommandés pour leur sèche et précise netteté, tandis que ceux de la firme De Curel étaient prisés, à juste titre, en raison de leur pouvoir d'idéalisation. Vinrent alors de la lointaine Norvège, d'abord sur le marché allemand, puis sur le marché français, les puissantes lunettes d'Henrik Ibsen qui, d'une tout autre manière, surent s'imposer par leur pouvoir d'investigation dans le domaine des valeurs idéales et sociales. Leur vogue dura longtemps, bien que rares aient été ceux qui réussirent à se les ajuster sur le nez. Puis, une fois cette difficulté reconnue insurmontable, voici que s'imposa la mode des monocles Bataille et Bernstein dont la vente fut prodigieuse dans tous les pays du monde. Enfin, hélas ! sans que l'inventeur y soit pour rien, ni y trouve le moindre plaisir, on s'est mis à rechercher un peu partout certaines lunettes Pirandello, diaboliques aux dires des méchants, qui font voir double et triple, de travers, bref, somme toute, le monde à l'envers. Beaucoup s'en servent encore, bien qu'on ne manque aucune occasion de leur faire remarquer que cela leur gâte la vue. Par mesure de raffermissement, d'une part, et d'autre part pour assurer une digestion facile à la bourgeoisie honnête, on vient de découvrir une nouvelle paire de lunettes, bon marché et d'emploi aisé pour le divertissement et la consolation en couleurs, c'est-à-dire bicolore : un œil qui rit et l'autre qui pleure. N'importe quel garçon coiffeur qui nourrit quelque velléité de dramaturge peut s'en munir, sûr de s'acquérir en peu de temps une jolie réputation et de se remplir les poches d'argent.

Mais je n'ai fait jusqu'à présent que vous entretenir d'yeux et de lunettes alors que j'avais à parler de théâtre ancien et de théâtre nouveau : c'est-à-dire de création originale et d'exercice d'imitation. Il y a une raison à cela. De cet exercice d'imitation qui a été et est resté le théâtre ancien dans son ensemble, je ne désire dire aucun mal. Et savez-vous pour quel motif ? Afin de décevoir l'attente des professionnels de cette autre plaie de la société qu'est la critique littéraire « pure ». Ceux-ci tiennent tout débat sur le théâtre pour indigne, ou à peu près, de leur attention et de leur estime, à moins que — et ce sera là une exception qu'ils pardonneront volontiers — quelque poète fort respecté et estimable ne l'élève à un haut niveau d'expression. Et même alors, quand cette critique littéraire « pure » discute théâtre, elle se garde bien, naturellement, de faire la moindre allusion et d'accorder le moindre regard, fût-ce à la dérobée, à tout cet arsenal du plateau en quoi consiste ordinairement un théâtre comme on dit « joué », avec ses « rôles » bien définis, qui possède son jargon lui aussi bien défini, qui se règle scène par scène selon les moyens et les effets dont on dispose sur ce plateau Il ne fait de doute pour personne que par œuvre de théâtre il faut entendre œuvre d'art et que ce n'est qu'à cette condition qu'il vaut la peine d'en parler. Voilà qui est parfait. Mais réfléchissons un peu. Interdire toute résonance dans le domaine de la littérature aux produits d'un tel métier en se taisant obstinément, ainsi qu'il en advient lorsque le monopole est exercé par ces auteurs dramatiques qui eux-mêmes, les tout premiers, tiennent à se proclamer « du métier » — un métier que leur a enseigné la pratique assidue de la scène, et cette scène, ils la sentent et la défendent comme un petit royaume à eux, exclusif et inviolable, protégé de tous côtés par des pancartes qui portent écrit : « Entrée interdite à toute personne étrangère au service » ceci se conçoit sans aucun doute et pour un grand nombre de raisons. Mais laissez-moi vous faire remarquer combien de ce métier-là sont nées d'admirables pièces dès qu'une verve soudaine, sans pourtant lui ôter beaucoup de son caractère de métier, l'envahissait et l'ennoblissait. Alors quoi ?

En Angleterre au temps de Shakespeare, en Espagne au temps de Lope de Vega et de Calderon de la Barca, tout comme en France au temps de Molière, le théâtre était déjà réservé aux « spécialistes », aux vieux habitués de la scène. Et cinquante fois on reprenait les mêmes trames, pétries d'un esprit commun à toute une génération. La paternité des idées ne comptait vraiment pour rien et pour guère plus la personnalité des écrivains et, écrites en vingt-quatre heures, la majorité des pièces ne servaient qu'au spectacle d'un soir pour tomber dès le lendemain dans la boîte à colifichets. Il n'existait aucun sérieux artistique au sens où l'entendent la critique, les gens cultivés et le beau monde. Mais pour ne citer qu'un exemple, c'est de cette officine-là qu'est sortie *la Vie est un songe*. Alors quoi ?

Alors il me paraît clair qu'en matière d'art, toute polémique, toute attitude critique, toute théorie, dès qu'elles se trouvent situées et appelées à se développer en système clos et dans l'abstrait, *a priori* ou *a posteriori* — et il importe peu, dans ce cas, que les valeurs invoquées soient intellectuelles, morales ou même purement esthétiques — courent le risque perpétuel de s'embrouiller et de finir les quatre fers en l'air ou de rester le bec dans l'eau à l'apparition déconcertante de l'œuvre créée qui ne porte la marque d'aucun péché originel et qui, au royaume de l'art, obtient droit de citoyenneté et titre de noblesse de quelque côté qu'elle arrive : l'essentiel résidant en cela qu'elle soit bel et bien arrivée.

Nous n'avons fait jusqu'ici qu'anticiper de deux manières sur nos propos : par un bref essai consacré à la création originale et à l'exercice d'imitation (les yeux et les lunettes) ; par un jugement négatif en ce qui touche les polémiques situées et appelées à se développer en système clos et dans l'abstrait. Si vous me permettez de m'attarder un instant sur ce dernier point, je crois être à même de justifier cette démarche anticipatrice.

Je poserai donc la question : est-il possible, oui ou non, d'attribuer au théâtre une valeur d'art, d'expression aboutie, sur la seule supposition de sa « nouveauté », et j'entends par nouveauté correspondance du contenu avec l'esprit particulier de révision et de reconstitution des valeurs intellectuelles qui anime notre temps dans quelque domaine que ce soit : politique, scientifique, philosophique et également artistique ? Les comédies et les drames accordés à cet esprit nouveau sont-ils du théâtre nouveau, à savoir, ainsi vannés, le grain dont on peut extraire la fine fleur de l'œuvre d'art vivante ? Ou au contraire, en refusant de porter en soi cet esprit nouveau, ces comédies et ces drames ne restent-ils que balles de son sans aucun espoir de salut ? Voyons un peu. Serait-il alors possible qu'avec une certaine sûreté la critique puisse diriger l'activité des écrivains au lieu de la suivre et de l'expliquer, et ceci au plus grand profit de tout un chacun et spécialement de la jeunesse encore en quête de sa propre expression ? Possible donc qu'elle oriente vers des problèmes déterminés hors desquels nul espoir n'existe de créer des œuvres neuves et viables ? S'il en était vraiment ainsi, rien ne nous interdirait de prier sans plus la critique de nous énoncer ces problèmes. Mais, répondrait-elle sans doute, les énoncer, les définir équivaut à les résoudre et partant à les détruire en tant que problèmes : et c'est là la tâche des auteurs et non pas de la critique.

Chacun voit que, de cette façon, la question est mal posée et qu'étant ainsi posée, elle se révèle insoluble. S'agissant d'une œuvre d'art, il importe, pour la résoudre, d'attaquer de front les problèmes fondamentaux de la forme et du fait esthétique et l'on constatera alors qu'en art le « nouveau » n'est rien de plus qu'une de ces nombreuses valeurs que doit posséder toute création. Il n'y a aucune utilité à discuter dans l'abstrait — en les posant et les niant comme extérieurs et n'existant que pour eux-mêmes — certains problèmes indéterminés par qui le « nouveau » se déterminerait. Il est certain que ces problèmes, les esprits créateurs les trouvent, mais sans les avoir cherchés — là est le point essentiel — et qu'ils les affrontent aussi, mais sans peut-être même les connaître dans leur énoncé abstrait et, sans étude, ils les résolvent. Car il est faux que ces problèmes soient propres à l'époque ou que ce soit de cette époque que les esprits créateurs les reçoivent.

Si créateurs ces esprits le sont sans contredit, problèmes et esprits ne font qu'un. Non point donc je ne sais quel indistinct et quel indéterminé dans le temps, mais l'indistinct et l'indéterminé de cet esprit actif lui-même qui justement, pour la raison qu'il porte en lui, congénitales, vivant tourment, ces zones d'ombre, trouve la force de s'en libérer en s'exprimant. Et ces problèmes sont vivaces précisément pour n'être pas énoncés par la critique, mais destinés à s'exprimer au moyen de l'art. A savoir donc non définis par le pur intellect qui les refroidit et les fige et naturellement les tue en se contentant de les énoncer comme problèmes ; mais destinés à la représentation par le moyen de l'art en une forme qui est la structure et la raison même de leur vie éternelle.

Quelle existence a notre temps hors du sens et de la valeur que nous lui donnons ? Je dis bien nous et notre esprit. Réfléchissons une minute. Je me demande quel homme pourra donner sens et valeur à son temps — non point un sens et une valeur de caractère particulier, propres à servir l'individu à quelque moment de sa vie, mais d'une portée universelle en laquelle chacun pourra toujours se retrouver — sinon celui qui aura su, totalement désintéressé, fonder ce sens et cette valeur d'une telle manière que sa voix sonne comme la sienne propre dans le cœur de qui l'écoutera ? Pas celui donc qui, dans la vie, soucieux de se montrer pratique, ne construira que pour lui seul ; mais celui qui ayant dit : « Mon royaume n'est pas de ce monde », affirme pourtant en avoir un ; qui par conséquent crée la vie tant pour lui-même que pour tout le monde et, par conséquent, réussit à donner consistance à sa vision organique et totale de la vie, se trouve être, par conséquent, l'égal de l'esprit plein et pur qui possède le pouvoir de se révéler totalement : cet homme-là est le poète, celui qui fait, le créateur. Cet homme-là sera capable d'apporter à son temps un sens et une valeur universels, car, totalement désintéressé, il fait si bien que tout ce que lui apprennent ses sens largement ouverts à la vie (ses yeux nouveaux), pensées et rapports d'idées, sentiments et images, se mue pour lui en organisme autonome et complet — organisme qu'il souhaiterait réaliser tel que librement la vie le réalise pour elle-même. De telle sorte qu'ainsi considéré, cet homme sera vraiment un esprit esclave de l'esprit, le créateur esclave de sa création. Au sein de cet organisme vivant, il aura avec tous les autres une place assignée. Il aura créé non pour dominer et diriger, mais pour aménager. Et c'est pourquoi poète, divin facteur et créateur de réalité, le Christ s'est dit fils de l'homme : pour tous les hommes il a donné sens et valeur à la vie.

Les problèmes de l'époque n'existent donc pas pour celui qui crée.

Ils existent pour ces hommes qui, certainement dignes du plus grand respect en raison des lumières dont ils jouissent et qu'ils répandent autour d'eux, ne possèdent cependant pas, au plus profond de leur esprit, de qualités réellement créatrices. Ceux-ci, oui, assurément, reçoivent ces problèmes de l'époque, là où les esprits créateurs les auront d'abord posés.

En effet, toute création, toute vision de la vie, toute révélation spirituelle soulève nécessairement des problèmes, des questions, des contradictions logiques d'une évidence d'autant plus nette que cette création sera plus organique et complexe : et ceci tout simplement parce que le mystère et l'esprit sont consubstantiels et que regarder avec des yeux neufs, exprimer avec franchise, réorganiser la vie revient à la considérer dans la perspective du mystère. Faire, une fois de plus, c'est créer à partir de rien : un rien ressenti forcément avec une évidence éclatante. Peu à peu s'apaiseront pourtant l'angoisse et l'effroi de la première intuition ou également la gêne qu'éprouve toujours l'humanité lorsqu'elle se retrouve devant de telles limites : notre nature a ceci de bon qu'il lui est permis de dormir. Mais dans le premier moment, l'explosion quasi générale qui se produit dans les esprits a fait renaître ces problèmes, ces questions, la conscience de ces contradictions qui ont toujours été les mêmes mais qui maintenant réapparaissent sous un jour entièrement nouveau parce que c'est tout autrement que s'est faite leur mise en valeur. Il est à peu près impossible que le nouveau sens de la vie soit perçu dès le début, directement. Les problèmes apparaissent obscurs et l'esprit qui les agite semblera paradoxal. Ce qu'on appelle la « logique », la vie l'a jeté dehors, après l'avoir démasqué.

Ce que cette révélation comporte d'obscurité, on en

tient pour responsable l'expression qu'elle revêt, spécialement lorsqu'il s'agit d'une œuvre d'art. Le cas se présente différemment s'il s'agit de religion ou d'une nouvelle philosophie.

Car s'il s'agit d'une révélation où la foi joue un certain rôle en tant qu'élément nécessaire et essentiel, les problèmes que cette révélation porte en soi se trouvent tout naturellement mis à leur place, si cette foi est acceptée ; sinon, ils perdent aussitôt toute consistance, par conséquent tout pouvoir de stimuler le doute, d'ébranler les schémas intellectuels, bref, toute raison d'être discutés avec passion.

Au contraire, s'il s'agit de problèmes que pose une nouvelle philosophie, par la vertu même du langage technique et conventionnel dans lequel ils sont énoncés, les voici aussitôt reliés à certains courants de pensée déjà exprimés et le sentiment désagréable de « nouveauté » qu'ils peuvent donner reste toujours assez relatif et limité, ou mieux encore, ils sont immédiatement et parfaitement évaluables en termes précis, sans approximations, ce qui supprime toute inquiétude spirituelle sur ce qu'il y aurait d'indistinct, de vague et d'ambigu dans leur formulation. Tout esprit qui en prend conscience les aura sur-le-champ, de par leur qualité propre, mis au point et déterminés. Il y a plus. De par leur nature conceptuelle, c'est-à-dire étrangère à la vie, ils peuvent à la lumière de la critique permuter, se compléter, s'annuler, se résoudre.

Mais il n'en sera pas de même pour les problèmes dont une œuvre d'art nouvelle nous offre la représentation. Ceux-ci restent et resteront toujours tels qu'ils ont été fixés : des problèmes de la vie. Leur irréductibilité consiste en leur expression, en tant qu'elle est représentation. Pensez à Hamlet : être ou ne pas être. Otez ce problème de la bouche d'Hamlet, videz-le de la passion d'Hamlet, conceptualisez-le en termes philosophiques et, à la lumière de la critique, vous pourrez jouer avec lui tout le temps qu'il vous plaira. Mais laissez-le là, sur les lèvres d'Hamlet, formulation vivante, représentation en acte du tourment de sa vie, et le problème d'être ou ne pas être demeurera éternellement non résolu. Et non seulement pour Hamlet, pour un esprit particulier à un moment déterminé de sa vie, mais pour tout esprit qui contemple cette forme de vie et — ici intervient l'art — qui la vit. Sous cette forme, ces problèmes sont et seront toujours pour nous tous des problèmes vitaux, qui donc ainsi tirent de la forme, de l'expression leur qualité d'être vivants.

S'il leur est possible d'être tels, c'est qu'ils ont atteint à l'expression définitive et achevée.

Leur forme parfaite les a totalement détachés — vivants et concrets, c'est-à-dire fluides et indistincts — du temps et de l'espace. Elle les a fixés pour toujours, rassemblés en son sein et comme embaumés vivants dans ce qu'elle a d'immarcescible.

Bien qu'elle n'ait pu les résoudre, l'humanité n'en a pas moins trouvé le calme après tant de temps écoulé. Elle a réussi à s'élever à cet état de contemplation esthétique qui les lui a fait déclarer beaux, quoiqu'elle ne cesse de les sentir comme des problèmes vitaux.

Avec le sens et la valeur qu'ils ont acquis et organisés comme ils sont, l'humanité peut désormais les contempler sans trace d'angoisse. Elle n'ignore plus, elle s'est habituée à savoir que c'est ainsi qu'apparaît le mystère dans une telle vision de la vie. Car ce qui épouvante l'homme, ce n'est pas la perception du mystère, puisqu'on le sait être dans la vie : c'est la manière de le donner à voir, inaccoutumée et neuve. Cette manière aujourd'hui n'est plus neuve. En est-elle pour autant devenue vieille ? Non. Comment le serait-elle devenue, puisqu'elle est représentée en acte, dans une forme parfaite, immarcescible ? Simplement le temps est venu où on la découvre « créée », où l'on voit que toutes ses raisons d'être consistent en la nécessité qu'elle soit ce qu'elle est : plus jamais ni neuve ni vieille, ni arbitraire, obscure, imprécise, inaccomplie, mais finalement, oui, nécessaire : *cela* et cela seul qu'elle devait être.

Mais il est très instructif de relire les pages pleines de colère qu'à deux siècles de distance cet Hamlet a inspirées à M. Voltaire, par exemple. Je pense aussi à ce critique presque du même âge que Michel-Ange qui, dans un solennel éreintement, lui reprochait violemment d'avoir, avec sa *Pietà*, cédé à l'arbitraire et au plus total illogisme en représentant la Vierge sous les traits d'une jeune fille d'à peine dix-huit ans alors que le Fils qu'elle tient sur ses genoux en a trente-trois. Nous sommes à même maintenant de comprendre quel abîme de poésie se cache en cette figure de Madone — Vierge qui conçut par la Grâce et demeure pour toujours la jeune fille de l'Ave — par rapport au Fils — Rédempteur sur qui est passée toute la douleur du monde. Mais ce critique se vantait d'avoir ouvert les yeux de Michel-Ange et l'invitait à corriger opportunément cette inconcevable aberration. Tout comme quelqu'un qui souhaiterait éclairer l'esprit d'Hamlet pour l'aider d'une quelconque manière à remédier au tourment où le plongent ses problèmes.

De nos jours, cela ferait rire et vraiment personne n'y songe, mais parce qu'il s'agit d'Hamlet et de la *Pietà* de Michel-Ange : expressions d'art dont on aura enfin trouvé l'*ubi consistam* de la valeur esthétique qui traduit la vie de leur vie : une nécessité que la forme représente.

Pour ne pas tenir compte de la différence absolue qui sépare le problème philosophique énoncé en concepts dans le cadre d'une construction intellectuelle et le problème d'ordre vital dont le moyen d'expression est la représentation immédiate de l'art, créatrice de formes en tant que telles inviolables, trop souvent le critique d'aujourd'hui, à propos d'œuvres contemporaines, néglige d'aller le plus possible au fond des choses — à savoir la représentation d'un débat spirituel que cette œuvre exprime peut-être — pour ne s'intéresser qu'aux termes de ce débat en soi, chercher à en découvrir les contradictions logiques, ne considérant dès lors que la trame conceptuelle de l'œuvre d'art. Cette mésaventure, je l'ai connue et toute mon œuvre avec moi. Or, la trame conceptuelle n'existe jamais, d'une part, qu'en tant que prétexte et stimulation à créer et ne pourrait ni ne doit intervenir dans l'appréciation de l'œuvre créée (prise en elle-même et pour elle-même). Cette trame conceptuelle n'est tout au plus, d'autre part, qu'un schéma, le squelette, qui sera immédiatement incorporé, réabsorbé dans l'ensemble du processus élaboratif et expressif de l'œuvre, si bien qu'également sous cet angle, elle ne saurait donner lieu à une appréciation exacte de la valeur esthétique. La critique, me semble-t-il, n'est jamais plus malencontreuse que lorsqu'elle se trouve justement confiée aux mains de ceux qui souhaiteraient la conduire selon ses propres principes exacts, je veux dire en la faisant porter sur l'expression. Spécialement lorsque des critiques de ce genre tombent sur une matière nouvelle exprimée pour la première fois.

Nous avons énuméré plus haut quelles sont les raisons pour lesquelles cette nouvelle expression, selon nous, doit de prime abord apparaître privée de perspicacité, obscure, arbitraire, paradoxale : bref, une œuvre « mal écrite ». A ces juges si difficiles, il ne vient, entre autres, pas à l'esprit que l'acharnement avec lequel ils s'en prennent aux termes des problèmes représentés dans l'œuvre pour les combattre et les détruire, ne les définir qu'en eux-mêmes — acharnement dont ils tirent ensuite le jugement que l'œuvre n'a pas reçu son expression achevée — est au contraire, précisément, la preuve la plus sûre et la plus éclatante que cette expression incriminée est celle-là seule qui convenait : dans la mesure même où ces problèmes, ils auront pu en déduire l'essentiel, les combattre au corps à corps tant ils sont vivants et présents, par conséquent représentés, et dans toute leur perfection, en une forme achevée.

Mais il est naturel que la lutte et l'incompréhension soient le lot de celui qui possède des yeux et est capable de créer, plutôt que de celui qui porte des lunettes et imite en mieux les obscurités absconses des créateurs qui « écrivent mal », les purgeant diligemment de tous les « défauts » qui, un beau jour, lorsqu'on se sera fait à cette nouveauté, se révéleront être des « caractères » nécessaires.

Goldini lui-même, songez-y, qui nous semble être aujourd'hui ce qu'on peut imaginer de plus simple et de plus accessible ; lui dont le style si direct nous paraît adhérer de si près à la réalité de ses personnages tirés tout vifs de la vie de son temps, songez donc que ce

Goldini ne fut pas reconnu par son époque. En a-t-il entendu des sornettes ! Qu'il écrivait mal, sans réflexion, et cela tout le monde le lui a dit, y compris ses admirateurs qui, avec les réserves d'usage, acceptaient son théâtre et le soutenaient. Ils avaient l'air de lui dire : « Oui bien sûr, tu as raison. Ceux qui te vouent aux gémonies n'y comprennent rien. Mais si tu pouvais seulement écrire un tout petit peu mieux ! »

La chose est fort naturelle si l'on pense que l'esprit ne met jamais ses propres constructions sur pied qu'au prix d'un lent et grand effort et que chaque fois qu'il y parvient, il éprouve le besoin de se reposer. De telle sorte que chaque fois qu'est reconnue une forme d'expression originale s'ouvrent des périodes pendant lesquelles les esprits cessent de créer pour s'adonner au plaisir des petites découvertes que leur procure pli par pli l'exploration de l'existence telle qu'on la conçoit à ce moment ; si bien que de cette vision des choses, tout se trouve bientôt imprégné et qu'outre un pesant bagage de phrases toutes faites qui auront un sens à ce moment et n'en auront peut-être plus aucun dès que se sera imposée une nouvelle forme d'expression originale, on verra s'être constitué un monde totalement déterminé, moins sans doute par le contenu que par le contenant qui n'est pas, cela va de soi, exactement le même pour tous, mais qui portera chez tous l'empreinte des mêmes caractères. Prenez les lettres qu'auront écrites certains hommes du passé, lettres anonymes dans le sens où leur auteur ne s'appelle ni Dante ni Shakespeare, et, sans avoir à lire les dates, vous reconnaîtrez tout de suite celles qui nous viennent de nos pères, de nos grands-pères ou de nos aïeux. Parmi eux, il s'en rencontre qui écrivent avec une grande clarté d'expression, avec élégance, une belle technique de la période. Bref, ces gens-là écrivent bien. Et alors Carlo Goldoni, pourquoi diable écrit-il mal ? Parce que ses expressions, pour fixer une vision nouvelle de la vie, devaient forcément jurer avec celles qui remplissaient les oreilles de tout le monde, déjà composées, travaillées et partant parfaitement claires, qu'avec un peu de talent et de bonne volonté n'importe quel imbécile pouvait parer d'une élégance incomparable. Et voilà que ce Goldoni, cet ours mal léché de Goldoni...

Tout créateur, me semble-t-il, devrait avoir sur la conscience, outre ses propres gros péchés, les secrètes afflictions des admirateurs de son temps, comme une sorte de honte à propos de ce « mal écrit » qu'il lui est impossible d'éviter. Et Goldoni, en fait de remords, ne devrait céder le pas à personne. Car ses dialogues durent paraître, même à ses admirateurs, insipides et sophistiqués comparés au langage de la *Commedia dell' arte* : gribouillis d'avocaillon, mal écrits à n'y pas croire comparés au style des œuvres dites sérieuses de l'époque.

Improvisée, je le reconnais, mais incapable de se donner à l'élan d'une authentique improvisation, la *Commedia dell' arte* n'était au fond que la quintessence du lieu commun fondée sur des thèmes génériques et des schémas faits tout exprès pour servir de cadre à l'éternel même répertoire de phrases stéréotypées, de bons mots et de quolibets typiques et traditionnels, d'échanges de répliques rituelles et protocolaires au point qu'elles semblent sortir tout droit d'un manuel d'étiquette. Parler ainsi sur les tréteaux paraissait des plus naturels. Habitué que l'on était aux conventions qui régissaient ce langage, c'est justement pour admirer ces débordements d'esprit, ce faux naturel et cette fausse spontanéité que l'on se rendait au théâtre. D'où il découle que sophistiqué devait apparaître le style de Goldoni, puisqu'il était psychologique et sans saveur, puisqu'il n'était que naturel, Goldoni ayant choisi d'assouplir par son dialogue la fixité de ces jeux verbaux et de disloquer la rigidité des masques en détruisant peu à peu leur consistance et en confiant — spectacle nouveau et inconnu — à tous les muscles libérés le soin de rendre leur expression.

D'où vient alors que Goldoni, qui connut pourtant de son vivant le sort du novateur incompris, n'ait pu atteindre à une valeur absolue ? D'où vient qu'en face de zélateurs qui ont fait de lui presque un fétiche et, croyant le louer, s'exclament : « Ah ! ce bon vieux Goldoni ». (Mais n'y a-t-il pas dans ce mot « vieux » moins un signe de reconnaissance réelle et intrinsèque qu'une pointe de polémique à l'égard du « nouveau » ?), il s'en trouve d'autres qui lui refusent positivement toute valeur, considèrent sa production comme un moment dépassé du théâtre italien et nient qu'elle puisse être l'expression, au royaume éternel de l'art, d'un monde créé insurpassable ?

Ici encore, me semble-t-il, la faute en est aux équivoques où nous conduisent les jugements de valeur trop abstraits et systématiques.

Il est naturel que toute expression achevée — monde créé unique qui échappe à toute comparaison, qui ne saurait être désormais ni nouveau, ni ancien, mais seulement « ce qu'il est », en soi et pour soi, éternellement — trouve en cette « unicité » les raisons en premier lieu de l'incompréhension qu'elle rencontre et ensuite et toujours de son effroyable solitude : cette solitude des choses qui se sont exprimées ainsi, immédiatement, comme elles entendaient l'être, à savoir « pour elles-mêmes ». Et ce seul fait suffirait à les rendre inconnaissables, ainsi qu'elles le sont réellement, si chacun, dans son désir de les connaître, ne les faisait pas sortir de cette manière d'être « pour elles-mêmes » en leur donnant une manière d'être pour lui seul, selon la façon dont il les interprète et les comprend.

Qui peut savoir qui était Dante dans son poème ! Réduit à ce qu'il est pour lui-même, Dante devient une nature : il nous faudrait sortir de nous-mêmes pour le saisir ainsi en lui-même et, par défaut de pouvoir le faire, chacun le saisit à sa guise, comme il peut. Il demeure totalement seul dans sa divine solitude. Ce qui n'empêche pas que chaque époque le fait sien ; que chaque époque renvoie l'écho, à sa manière, de sa voix unique.

Mais cette voix, ne l'oublions pas, dit des choses éternelles : c'est des entrailles de la terre qu'elle s'élève. Voix d'une nature, elle ne pourra jamais s'éteindre et l'écho que nous renvoyons d'elle ne signifie pas nécessairement que nous la comprenions mal ou pas du tout.

Par contre, il n'est pas impossible qu'à une certaine époque on comprenne mal ou plus du tout la voix d'un homme qui aura créé et sous des formes achevées, sa vision organique de la vie, mais aura négligé, dans son effort d'expression, de mettre en valeur les « mouvements » libres et réels de son esprit pour ne s'en tenir, dans l'expression, qu'à une « prise de position » de l'esprit.

Déduite d'habitude de l'expression, cette « prise de position » peut se trouver être dépassée, elle l'est même nécessairement et, à un certain moment, devient pour ainsi dire historique dès que les agitations de l'esprit qui peuvent survenir ensuite auront déplacé les éléments de ce panorama contemplé ainsi d'un point fixe. Mais de ces mouvements mêmes de l'esprit, au contraire, on ne se désintéressa jamais. Le moyen âge de Dante, qui n'est pas représenté selon une « prise de position » de l'esprit comme le XVIIIe siècle de Goldoni, mais dans les mouvements d'un esprit qui ne contemple pas son temps parce qu'il en a toutes les passions vivantes en lui, et même lorsqu'il le contemple, il n'a pas un instant de repos, parce que ce n'est pas sur ce temps que son regard se pose, mais à partir de ce temps qu'il se fixe vers l'éternel, et, dans cette éternité, Dante l'aura aussitôt suivi et serré de près, le faisant ployer sous le doute et le déployant au souffle de la révélation — ce dantesque moyen âge donc, pour être justement assumé par le mouvement d'un esprit, ne sera jamais dépassable : toute époque quelle qu'elle soit nous en renverra l'écho d'une manière ou d'une autre. A toute époque, il sera possible de recevoir d'une quelconque façon, mais cependant substantiellement, l'esprit de Dante et d'en sentir la présence perpétuelle. Alors qu'à l'inverse, il est en un certain sens nécessaire de se reporter de toutes les époques à une époque déterminée pour goûter la valeur d'une expression née d'une « prise de position » de l'esprit, laquelle ne peut être appréciée que dans sa saveur particulière et ne saurait donner lieu à aucun phénomène d'écho : nécessaire donc, somme toute, de se reporter au temps de Goldoni.

Il s'agit, chez Goldoni, d'une « prise de position » plaisamment satirique : expression d'une conscience morale très éveillée qui se conservait intacte et fidèle à elle-même dans l'acte de refléter des contingences qu'il pouvait ainsi soumettre à ses traits satiriques, avec la satisfaction de les sentir désormais surmontées sans avoir su pour autant les isoler du cadre spirituel déterminé de l'époque. Ce qui explique la bonhomie de cette satire qui peut paraître superficielle en un temps où dominent la mise en question et le bouleversement fondamental de toutes les valeurs établies.

Grâce aux qualités de sa forme si franche et si transparente, en revenir à Goldoni ne pose et ne posera jamais de problème, car dans la vie représentée que nous offre à contempler sa prise de position spirituelle, on ne cesse de sentir vivaces et la finesse de son esprit et la structure organique de la vie ainsi observée et restituée. Cette vie réside tout entière en une forme qui à proprement parler la conserve pour toujours embaumée en même temps que la fraîcheur et la gaieté des moyens d'expression, que la joie d'un esprit qui créait pour la joie de créer. Si fluide et scintillante, nette et vive, adroite, spontanée et réellement divertissante, la manière de s'exprimer de Goldoni sera toujours, en ce qui touche le plaisir de représenter, un modèle incomparable. La propriété du style, et pas seulement dans l'emploi du dialecte, est absolue : rien n'y est jamais approximatif ou dit d'une façon qui ne serait pas la plus franche et la plus savoureuse, de même que, dans la conception, rien ne se rencontre jamais qui occulte ou déséquilibre le sentiment ou l'intelligence. Conception, élaboration, expression s'accordent admirablement pour créer un monde plein de grâce. La grâce qui est l'un des aspects les plus sympathiques et rares de la nature humaine trouve en Goldoni son expression parfaite, jamais atteinte auparavant et qui, sans doute, ne le sera jamais d'une façon aussi immédiate et à un tel degré.

Lorsque cette si fraîche expression de la vie bondit sur les scènes sclérosées du théâtre italien et leur rendit avec le souffle la chaleur et le mouvement, on parla d'une réforme. C'était le théâtre nouveau. A-t-on le droit de dire aujourd'hui qu'il s'agit de théâtre ancien sous prétexte que la prise de position spirituelle d'où il est né est en elle-même dépassée par la mutation des valeurs intervenue au cours de l'Histoire ?

En art, ce qui a été créé nouveau reste nouveau pour toujours. Goldoni possédait un regard perçant, un regard vif avec lequel il vit du neuf et sut également en créer.

Tout dernier venu qu'il soit, quiconque aujourd'hui imite au lieu de vouloir créer, c'est-à-dire porte des lunettes, fussent-elles à la dernière mode, et prétend regarder avec elles les problèmes les plus actuels et les valeurs les plus neuves de l'époque, celui-là, s'il porte des lunettes, imitera et ne fera que du théâtre ancien.

Théâtre nouveau, théâtre ancien, c'est toujours la même histoire : histoire de bons yeux et de lunettes, de travail de création et d'exercice d'imitation.

3.

PRÉFACE A « SIX PERSONNAGES EN QUÊTE D'AUTEUR »

Depuis de nombreuses années (mais c'est comme si c'était hier), j'ai au service de mon art une soubrette des plus pétulantes et, malgré cette ancienneté, toujours nouvelle dans son métier.

Elle s'appelle Folle du Logis.

Un peu taquine et moqueuse, si la fantaisie lui vient de s'habiller de noir, personne ne niera que ce soit souvent d'une manière fort fantasque et n'ira croire qu'elle fait toujours tout sérieusement, selon une seule et unique règle. Elle se fourre une main dans la poche, en tire un bonnet de bouffon, se l'enfonce sur le crâne, rouge comme une crête, et prend ses jambes à son cou. Un jour ici et l'autre là. Et pour son divertissement, afin que j'en fasse des nouvelles, des romans et des comédies, elle peuple ma maison des pires disgrâciés du monde, hommes, femmes et enfants, empêtrés dans d'étranges histoires dont ils s'efforcent en vain de sortir, contrariés dans leurs projets, dupés dans leurs espérances et avec lesquels, pour tout dire, il est vraiment souvent pénible d'entretenir des rapports.

Or cette mienne petite soubrette, nommée Folle du Logis, a eu, voici quelques années, la fâcheuse inspiration ou le funeste caprice de m'amener toute une famille, pêchée où et comment nul ne le sait, mais dont, à son humble avis, j'allais pouvoir tirer le sujet d'un fameux roman.

Je me trouvai en présence d'un homme approchant la cinquantaine, en veston noir et pantalon clair, sourcils froncés et regard sombre pour avoir été humilié ; d'une pauvre femme en vêtements de deuil, tenant par la main, d'un côté, une fillette de quatre ans et, de l'autre, un garçon d'un peu plus de dix. Une fille les accompagnait, hardie et provocante, elle aussi vêtue de noir, mais avec un tape-à-l'œil équivoque et effronté, toute frémissante d'un mépris joyeux et mordant à l'égard du quinquagénaire mortifié et d'un jeune homme de vingt ans qui se tenait à l'écart, replié sur lui-même, comme irrité contre eux tous. Bref, ces six personnages mêmes, tels qu'on les voit paraître en scène au début de la pièce. Et tantôt l'un, tantôt l'autre, mais aussi plus d'une fois en se disputant le droit de parler, ils s'acharnaient à me raconter leurs tristes mésaventures, à me hurler chacun pour soi leurs bonnes raisons, à me jeter à la figure leurs passions désordonnées, à peu près comme ils se comportent au cours de la comédie avec le pauvre metteur en scène.

Quel auteur pourra jamais révéler comment et pourquoi un personnage se trouve être né dans son imagination ? Le mystère de la création artistique est le même que celui de la naissance naturelle. Une femme peut, parce qu'elle aime, désirer avoir un enfant ; mais pour intense qu'il soit, ce désir ne suffit pas. Un beau jour, elle se découvrira mère sans avoir été avertie de l'instant précis où la chose se sera produite. De même un artiste, parce qu'il vit, accueille en lui mille germes de vie et est incapable de dire comment et pourquoi l'un de ces germes se glisse à un certain moment dans son imagination afin de devenir lui aussi une créature vivante, non au sein de l'incertitude quotidienne des jours, mais à un niveau supérieur.

Tout ce que je peux affirmer, c'est qu'ignorant les avoir cherchés, ces six personnages qu'on voit maintenant sur la scène, je les ai eus vraiment devant moi, vivants à pouvoir les toucher, à percevoir jusqu'à leur souffle. Là debout, plongés chacun dans leur désarroi secret, et tous ensemble reliés par la naissance et le développement de leurs destins entremêlés, ils attendaient que je les fisse entrer dans le monde de l'art, composant d'après leur personne, leurs passions et leurs aventures un roman, un drame ou tout au moins une nouvelle.

Nés vivants, ils voulaient vivre.

Or on saura que, pour ma part, il ne m'a jamais suffi de représenter une figure d'homme ou de femme, aussi singulière et caractéristique qu'elle fût, pour le seul plaisir de la représenter ; de raconter une anecdote curieuse, gaie ou triste, pour le seul plaisir de la raconter ; de décrire un paysage pour le seul plaisir de le décrire.

Ce goût-là, certains écrivains l'ont (et en grand nombre) qui, tout contents, n'en demandent pas plus. Ce sont des écrivains que leur nature vouerait à l'histoire.

Il y en a d'autres qui, outre ce goût, éprouvent un

besoin spirituel plus profond, qui n'admettent figures, vicissitudes, paysages qu'imbibés, si je puis dire, d'un sens particulier de la vie, grâce auquel il leur est donné d'acquérir une valeur universelle. Ce sont des écrivains que leur nature vouerait à la philosophie.

J'ai le malheur d'appartenir à cette dernière catégorie.

Je déteste le symbolisme où la représentation perd toute spontanéité pour devenir mécanisme, allégorie ; effort vain et mal conçu, car le seul fait de donner un sens allégorique à une représentation laisse voir clairement qu'on la considère comme une fable qui, ne possédant aucune vérité imaginaire ou concrète, n'est destinée qu'à démontrer une quelconque vérité morale. Le besoin spirituel dont je parle ne peut se satisfaire — sinon exceptionnellement et dans un but d'ironie supérieure (comme c'est le cas chez l'Arioste) — d'un tel symbolisme allégorique. Ce symbolisme part d'un concept, mieux encore il est un concept qui se constitue ou tend à se constituer en image. Notre besoin spirituel cherche au contraire dans l'image, qui doit rester vivante, libre d'elle-même dans sa totale expression, un sens qui lui donne valeur.

Ce sens-là, j'avais beau, cependant, le chercher, je n'arrivais pas à le découvrir dans ces six personnages. Et j'estimais par conséquent que les faire vivre était superflu.

Je pensais : « J'ai déjà bien trop troublé le lecteur avec mes centaines de nouvelles ; à quoi bon m'y entêter encore avec l'histoire des tristes malheurs de ces six infortunés ? »

Et méditant ainsi, je les éloignais de moi. Ou plutôt, je faisais mon possible.

Mais on ne donne pas la vie en vain à un personnage.

Créatures de mon esprit, ils vivaient déjà d'une vie qui était la leur, non la mienne, une vie qu'il n'était plus en mon pouvoir de leur refuser.

Car tandis que je persistais à vouloir les chasser de mon cerveau, eux au contraire, presque déjà totalement détachés de tout support narratif, personnages de roman qu'un prodige a fait sortir des pages du livre qui les contenait, ils continuaient à vivre pour leur compte. Ils choisissaient certaines heures de la journée pour réapparaître devant moi dans le silence de mon bureau et tantôt l'un, tantôt l'autre, s'y mettant quelquefois à deux, ils ne cessaient de me tenter, de me proposer telle ou telle scène à représenter ou à décrire, les effets qu'il serait possible d'en extraire, l'intérêt que pourrait offrir une certaine situation insolite, et ainsi de suite.

Un instant je me laissais convaincre ; et chaque fois, cette condescendance, cette manière de me laisser prendre suffisaient pour qu'Ils en tirent un nouveau bénéfice de vie, un accroissement de leur évidence et aussi, par conséquent, de leur pouvoir de persuasion sur moi. C'est ainsi que peu à peu il me devenait aussi difficile de me libérer de leur emprise qu'il leur était facile de revenir me tenter. Ce fut, à un certain moment, une véritable obsession. Jusqu'au jour où le moyen d'en sortir me sauta tout à coup aux yeux.

Pourquoi, me dis-je, ne pas représenter ce cas tout nouveau d'un auteur qui se refuse à faire vivre quelques-uns de ses personnages, nés vivants dans son imagination, et le cas de ces personnages qui, emplis désormais de vie, ne se résignent pas à demeurer exclus du monde de l'art ? Ils se sont déjà séparés de moi ;

ils vivent pour leur propre compte, ayant acquis voix et mouvement, devenus donc déjà en eux-mêmes, dans la lutte pour la vie qu'ils ont soutenue contre moi, des personnages dramatiques qui peuvent par leurs propres moyens se mouvoir et discourir. Ils se voient déjà en tant que tels, et s'ils ont appris à se défendre contre moi, ils sauront également le faire contre les autres. Eh bien bon, laissons-les aller où d'habitude s'en vont toujours, afin de naître à la vie, les personnages dramatiques : sur les tréteaux. Et observons ce qui se produira.

Aussitôt dit, aussitôt fait. Et ce qui devait advenir est naturellement advenu : un mélange de tragique et de comique, de fiction et de réalisme au sein d'une situation humoristique nouvelle et on ne peut plus complexe ; un drame qui, par le truchement de ses personnages doués de souffle, de langage, de mouvement — personnages portant et subissant ce drame en eux — veut à tout prix accéder à la représentation ; et aussi la comédie de cette improvisation scénique vainement tentée. Tout d'abord la surprise de ces pauvres acteurs d'une troupe de théâtre qui, au beau milieu de la journée, sont en train de répéter une pièce sur une scène sans coulisses ni décors ; surprise et incrédulité à voir surgir devant eux ces six personnages s'annonçant en quête d'auteur. Puis tout de suite après, alors que la Mère vêtue de noir s'est soudain presque évanouie, leur élan d'intérêt pour le drame qu'ils devinent en elle et chez les autres membres de cette étrange famille, drame obscur, ambigu qui vient s'abattre d'une manière si inopinée sur cette scène vide, non préparée à le recevoir. Et l'augmentation progressive de cet intérêt lorsqu'éclate le choc des passions chez le Père, chez la Belle-Fille, chez le Fils ou la pauvre Mère ; passions qui s'entêtent, comme j'ai dit, à se disputer la prééminence avec une tragique fureur destructrice.

Et ce sens universel que j'avais d'abord cherché en vain chez ces six personnages, voici que, montés d'eux-mêmes sur les tréteaux, ils réussissaient à le trouver dans l'excitation de la lutte désespérée que chacun mène contre chacun et qu'ils soutiennent tous ensemble contre le metteur en scène et les acteurs incapables de les comprendre.

Sans le vouloir ni en avoir conscience, dans l'agitation et le désordre, chacun d'entre eux, pour riposter aux accusations de l'adversaire, exprime comme son propre martyre et le flux vivant de sa passion les pensées mêmes qui si longtemps m'ont tourmenté l'esprit : l'illusion de la compréhension réciproque que provoque irrémédiablement le recours à l'abstraction vide des mots ; la multiplication de la personnalité selon les mille possibilités d'être qui se cachent en chacun de nous ; l'immanence enfin du tragique conflit qui oppose à la vie perpétuellement mouvante et changeante la forme qui la fixe, immuable.

Parmi ces six personnages, deux surtout, le Père et la Belle-Fille, parlent de cette atroce et inéluctable fixité de la forme, de leur forme, en laquelle ils voient l'un et l'autre exprimée pour toujours, immuable, leur essentialité, signifiant châtiment pour l'un et pour l'autre vengeance. Et ils la défendent contre les grimaces apprises et l'inconsciente versatilité des acteurs, ils s'efforcent de l'imposer au vulgaire metteur en scène qui souhaiterait l'altérer et la soumettre aux prétendues exigences du théâtre.

En apparence, ces personnages ne se trouvent pas

tous les six au même stade de formation, non qu'il existe parmi eux des figures de premier ou de second plan, « protagonistes » ou « utilités » — ce qui relèverait alors d'une perspective élémentaire, nécessaire à toute structure scénique ou narrative —, non qu'ils ne soient pas non plus, pour l'emploi qui les attend, complètement achevés. Ils ont tous les six atteint au même point de réalisation artistique, au même niveau de réalité, qui est la fiction théâtrale. Mais le Père, la Belle-Fille, le Fils aussi sont réalisés comme esprit, la Mère comme nature, comme « présences » le Garçonnet qui regarde et n'accomplit qu'un geste et la Fillette totalement passive. Ce fait crée entre eux une perspective d'un genre nouveau. Inconsciemment, l'impression m'aura possédé qu'il me faudrait les faire apparaître les uns à un état de réalisation (artistique) plus avancé, les autres moins avancé, d'autres encore tout juste dessinés comme éléments d'un événement à raconter ou à représenter. A savoir, les plus vivants et les plus complètement créés : le Père et la Belle-Fille qui s'avancent au premier plan, qui guident et traînent derrière eux le poids quasi mort des autres ; un récalcitrant : le Fils ; la Mère : victime résignée entre les deux enfants qui n'ont presque aucune consistance sinon, à peine, dans leur seule apparence et qui ont besoin d'être conduits par la main.

Et c'est bien cela qui s'est produit ! C'est bien ainsi que chacun d'eux devait apparaître à ce stade même de création qu'ils avaient atteint dans l'imagination de l'auteur au moment où il s'obstinait à vouloir les chasser hors de lui.

Si j'y réfléchis aujourd'hui, l'intuition de cette nécessité, sa découverte inconsciente, la manière de la résoudre dans une nouvelle perspective et dont j'y suis parvenu me font l'effet d'une suite de miracles. Le fait est que cette comédie fut réellement conçue sous le coup d'une illumination spontanée de l'imagination, lorsque, par la grâce d'un prodige, tous les éléments de l'esprit se répondent et collaborent comme en un divin accord. Quel que fût le degré de l'effort, nul cerveau humain, en s'y appliquant de sang-froid, ne serait jamais arrivé à pénétrer et à pouvoir satisfaire toutes les nécessités d'une telle forme. C'est pourquoi ce que je vais en dire pour en préciser les valeurs ne devrait pas être entendu comme des intentions préconçues au moment où je m'attaquais au travail de création et dont j'assume maintenant la défense, mais seulement comme des découvertes que j'aurai pu faire plus tard, à tête reposée.

J'ai voulu représenter six personnages à la recherche d'un auteur. Et justement parce que l'auteur à la recherche de qui ils sont n'existe pas, le drame ne sera pas représenté. Ce qui le sera, c'est au contraire la comédie de cette vaine tentative avec tout ce qu'elle a de tragique par le fait que ces six personnages auront été refusés.

Mais peut-on représenter un personnage en le refusant ? De toute évidence, au contraire, il importe pour le représenter de l'accueillir au sein de l'imagination et par conséquent de l'exprimer. Et en effet ces personnages, je les ai accueillis et réalisés, mais en tant que personnages refusés à la recherche d'un autre auteur.

Il s'agirait de voir maintenant ce que j'ai refusé d'eux. Pas eux-mêmes, naturellement, mais leur drame qui, sans aucun doute, les intéresse au plus haut point, alors que moi je n'y trouvais nul intérêt, pour les raisons citées plus haut.

Et qu'est-ce que le drame, son propre drame pour le personnage ?

Tout phantasme, toute créature née de l'art doit avoir son propre drame afin d'accéder à l'être, c'est-à-dire un drame dont cette créature soit le personnage et pour lequel il le soit. Le drame est la raison d'être du personnage, sa fonction vitale : ce par quoi il existe.

De ces six personnages donc, j'ai accueilli l'être en refusant la raison d'être ; j'ai pris l'organisme en lui attribuant, plutôt que sa fonction propre, une autre fonction plus complexe où la première entrait à peine comme donnée de fait. Situation terrible et désespérée, spécialement pour le Père et la Belle-Fille qui plus que les autres tiennent à vivre et ont conscience de leur nature de personnages, à savoir du besoin absolu qu'ils ont d'un drame, et qui soit surtout le leur, le seul drame qu'ils puissent s'offrir en image à eux-mêmes et qu'ils voient refusé : situation « impossible » dont ils se rendent compte qu'ils doivent sortir à tout prix, c'est pour eux question de vie ou de mort. Il est exact qu'en fait de raison d'être, de fonction, je leur en ai donné une autre, précisément cette situation « impossible », le drame de l'être en quête d'auteur, de deux personnages refusés : mais que ce soit là une raison d'être, qu'elle soit devenue, alors qu'ils possédaient déjà une vie propre, leur vraie fonction nécessaire et suffisante pour exister, ils ne sauraient le soupçonner. Si quelqu'un le leur disait, ils ne le croiraient pas, car il est impossible de croire que l'unique raison de notre vie puisse résider tout entière dans une torture qui nous apparaît injuste et inexplicable.

C'est pourquoi je n'arrive pas à concevoir sur quel fondement repose la remarque qui me fut adressée que le personnage du Père n'était pas ce qu'il aurait dû être, sous prétexte qu'il sortait de sa qualité et de sa position de personnage en débordant parfois sur l'activité de l'auteur et en se l'appropriant. Moi qui comprends qui ne m'aura pas compris, je devine que cette remarque vient du fait que ce personnage exprime comme étant le sien un tourment de l'esprit qui a la réputation d'être le mien. Ce qui est bien naturel et ne signifie absolument rien. Outre la considération que ce tourment de l'esprit chez le Père dérive — est souffert en même temps que vécu — de causes et de conditions qui n'ont rien à voir avec le drame de mon expérience personnelle, considération qui à elle seule ôterait toute consistance à la critique, je tiens à spécifier que deux choses sont à distinguer : l'une étant le tourment immanent de mon esprit, tourment que, bien qu'il soit partie intégrante du personnage, je puis en toute légitimité refléter dans ce personnage ; l'autre étant l'activité de mon esprit tournée vers la réalisation de l'ouvrage, activité donc qui parvient à donner forme au drame de ces six personnages en quête d'auteur. Si le Père participait à cette activité, s'il concourait à donner forme au drame du don de l'être à ces six personnages sans auteur, alors certes, et seulement alors, il serait justifié de dire qu'il est parfois l'auteur lui-même et non celui qu'il devrait être. Or le Père, cette façon d'être « personnage en quête d'auteur », il ne la crée pas mais la subit comme une fatalité inexplicable et comme une situation contre laquelle il mobilise toutes ses forces, se rebellant et cherchant un remède : pur « personnage en quête d'auteur » et rien de plus, même s'il exprime comme étant le sien le tourment de mon esprit. S'il participait à l'activité de l'auteur, il s'expliquerait parfaitement cette fatalité ; c'est-à-dire qu'il se verrait accueilli, fût-ce comme personnage refusé, cependant tout de même accueilli, dans l'imagination créatrice d'un poète et n'aurait plus dès lors motif à se livrer au désespoir de ne pas trouver l'homme capable d'affermir et de composer son existence de personnage : j'entends dire qu'il accepterait de très bon gré la raison d'être que l'auteur lui donne et qu'il renoncerait sans regrets à la sienne propre, envoyant au diable metteur en scène et acteurs auxquels au contraire il a eu recours comme à l'unique voie de salut.

Il existe un autre personnage, celui de la Mère, qui inversement ne se soucie pas de naître à la vie, cette naissance étant considérée comme une fin en soi. Elle ne doute pas une seconde de n'être pas déjà en vie et l'idée ne l'a jamais effleurée de se demander comment, pourquoi, de quelle manière elle l'est vraiment. Elle n'a pas conscience, somme toute, de sa condition de personnage : ce qui fait qu'elle n'est jamais, fût-ce un instant, hors de son rôle. Elle ne sait pas qu'elle joue un rôle.

Cela lui paraît aller de soi. En fait, son rôle de Mère ne comporte pour elle-même, dans sa « naturalité », aucun mouvement intellectuel. Elle ne vit pas en tant qu'esprit, mais dans une continuité de sentiment qui n'aboutira jamais à aucune solution, et c'est pourquoi elle ne peut atteindre à la conscience de sa vie, en d'autres termes à l'état d'être un personnage. Mais avec cela, à sa manière et soucieuse de ses propres fins, elle cherche elle aussi un auteur et, jusqu'à un certain point, ne se montre pas mécontente d'avoir été conduite devant le metteur en scène. Serait-ce qu'elle espère elle aussi *naître à la vie* grâce à lui ? Non : elle espère que le metteur en scène lui fera jouer une scène avec le Fils dans laquelle elle pourrait mettre l'essentiel de sa propre vie. Mais c'est une scène qui n'existe pas, qui n'a jamais pu ni ne pourra avoir lieu. C'est ainsi qu'elle reste inconsciente de son état de personnage, à savoir de la vie qu'elle peut posséder, totalement fixée et déterminée, d'instant en instant, dans chaque geste et chaque parole.

Avec les autres personnages, elle se présente sur la scène, mais sans comprendre ce qu'ils attendent d'elle. Elle s'imagine que la rage de naître à la vie dont le mari et la fille sont obsédés et qui a pour résultat qu'elle aussi se retrouve sur une scène n'est rien d'autre qu'une des incompréhensibles extravagances dont est coutumier cet homme tourmenté et tourmenteur, rien d'autre encore, et c'est horrible, que quelque nouvelle et équivoque provocation de cette pauvre fille perdue. Elle est totalement passive. Les circonstances de sa vie et le sens qu'elles ont revêtu à ses yeux, son caractère même découlent des propos que tiennent les autres et qu'elle ne contredit qu'une fois, lorsque l'instinct maternel jaillit et se révolte pour affirmer qu'elle n'a voulu abandonner ni le fils, ni le mari : car le fils lui a été enlevé et le mari, elle l'a quitté contre son gré. Mais elle ne rectifie que des données de fait : elle ne sait ni ne s'explique rien.

Bref, elle est la nature. Une nature fixée en une figure de mère.

Ce personnage m'a apporté une satisfaction d'un nouveau genre qui n'a pas passé inaperçue. Presque tous mes critiques, plutôt que de le tenir, comme d'habitude, pour « inhumain » — ce qui semble être le caractère particulier, incorrigible de toutes mes créatures prises indistinctement — ont eu la bonté de noter « avec le plus grand plaisir » qu'une figure *infiniment humaine* était pour une fois sortie de mon imagination. Je m'explique ainsi cette louange : que cette pauvre mère étant totalement aliénée à son comportement naturel de Mère, sans aucune possibilité de libres mouvements intellectuels, quasi réduite à un morceau de chair dont toute la vie est rassemblée dans les fonctions de procréation, d'allaitement, de soins et d'amour à ses petits, n'éprouvant donc nul besoin de faire intervenir le cerveau, cette femme réaliserait le « type humain » le plus vrai et le plus parfait. Nul doute qu'il en soit ainsi puisque rien n'est plus superflu, semble-t-il, que l'esprit dans l'organisme humain.

Mais par cette louange même, les critiques ont surtout voulu se débarrasser de la Mère sans se soucier de pénétrer le noyau de significations poétiques attachées à ce personnage. Figure infiniment humaine, j'en conviens, parce que privée d'esprit, inconsciente donc d'être ce qu'elle est ou négligeant de se l'expliquer. Mais s'ignorer comme personnage ne change rien au fait qu'elle le soit. Tel est son drame dans ma comédie. Et son expression la plus frappante éclate dans son cri au Metteur en scène, cri qui montre qu'elle considère toute chose comme déjà arrivée et ne pouvant plus, par conséquent, donner prétexte à de nouvelles larmes : « Non, cela a lieu en ce moment et toujours. Ma douleur n'est pas feinte, Monsieur. Je suis vivante et présente sans cesse à tous les moments de mon malheur qui est sans trêve vivant et présent ». Cela, elle le *sent* sans en avoir conscience, donc comme une chose inexplicable ; d'une manière si terrible qu'elle ne pense même pas qu'il puisse s'agir d'une chose qu'on peut expliquer tant à soi-même qu'aux autres. Elle le sent et voilà tout. Comme une douleur et, immédiate, cette douleur crie. C'est ainsi que se reflète en elle la fixité de sa vie mise en forme, tourment qui, dans un autre registre, harcèle aussi le Père et la Belle-Fille. Ils sont l'esprit ; elle, la nature. L'esprit se révolte ou, s'il le peut, tire profit ; la nature, si elle n'est pas excitée par l'aiguillon de vouloir comprendre, verse des larmes.

Le conflit immanent entre l'élan vital et la forme est inexorable non seulement au niveau de l'esprit mais aussi de la nature. La vie qui, pour atteindre à l'être, s'est fixée dans notre forme corporelle, tue peu à peu sa propre forme. Les larmes de cette nature figée sont le vieillissement irréparable et continuel de notre corps. Pareilles sont les larmes de la Mère : passives et perpétuelles. Saisi sous trois aspects, mis en valeur dans trois drames différents et simultanés, ce conflit immanent trouve ainsi dans cette comédie son expression la plus achevée. A quoi s'ajoute que la Mère éclaire encore la valeur toute particulière de la forme artistique : forme qui ne comprend ni ne tue sa propre vie et que la vie ne consume pas. Qu'on se souvienne des mots criés à la face du Metteur en scène. Le Père et la Belle-Fille réattaqueraient-ils cent mille fois de suite leur fameuse scène, au moment fixé, toujours, à l'instant où la vie de l'œuvre d'art doit s'exprimer avec le cri, que ce cri résonnera toujours, inaltéré, inaltérable dans sa forme, mais non comme une répétition mécanique, comme rendu obligatoire par d'extérieures nécessités, mais au contraire vivant et nouveau chaque fois, surgi à l'improviste pour toujours : embaumé vivant dans sa forme immarcescible. Ainsi trouverons-nous sans cesse, dès les premières pages du poème, une vivante Francesca confessant son doux péché à Dante. Et relirions-nous cent mille fois de suite ce passage que cent mille fois Francesca redira les mêmes paroles, mais jamais mécaniquement, au contraire les répétant chaque fois pour la première fois avec une si vive et surprenante passion que Dante chaque fois en tombera comme mort. Toute chose qui vit, en tant qu'elle vit, a une forme et pour cela même doit mourir : sauf l'œuvre d'art qui, dans la mesure où elle est forme, vit à l'inverse toujours.

La naissance d'une créature dans l'imagination humaine, naissance qui est le franchissement du seuil entre le néant et l'éternité, peut se produire aussi soudainement, sous le coup d'une nécessité. Dans un drame en gestation, c'est la naissance d'un personnage qui fasse et dise une certaine chose nécessaire : tout à coup ce personnage est né, celui-là même, précisément, qu'il devait être. C'est ainsi que naît Mme Pace parmi nos six personnages et l'on croirait voir un miracle, un tour de passe-passe dans le décor si réaliste de cette scène. Mais ce n'est pas un tour de passe-passe. Cette naissance est réelle, ce nouveau personnage vivant, non parce qu'il le serait déjà, mais parce qu'il est heureusement né comme l'implique sa nature de personnage en quelque sorte « obligatoire ». Une coupure s'est donc produite, une brusque mutation de la réalité scénique, car un tel personnage ne peut naître que de la fantaisie du poète et non point sur les planches d'un théâtre. A l'insu de tout le monde, j'ai changé le lieu du spectacle : je l'ai fait régresser à ce moment dans mon imagination, sans pourtant l'ôter de devant les yeux du public ; c'est-à-dire qu'à la place d'une scène, je leur montre l'imagination en train de créer sous les dehors de cette scène. Cette mutation inattendue, incontrôlable d'une apparence, d'un niveau de réalité à un autre est un miracle comparable à ceux du Saint faisant se mouvoir sa propre statue qui certainement, à cette seconde, n'est plus ni de bois, ni de pierre. Mais ce miracle n'a rien d'arbitraire. Ne serait-ce que parce qu'elle accueille la réalité imaginaire des six personnages, la scène n'existe pas pour elle-même comme donnée fixe et immuable, de même que rien dans la comédie n'existe en fait et n'est préconçu : tout y est action et mouvement, tentative improvisée. Et c'est ainsi que varie aussi organiquement le niveau de réalité du lieu où ne cesse de se modifier cette vie informe aspirant à trouver sa forme. Quand j'eus l'idée de faire naître de but en blanc Mme Pace sur la scène, je sentis que je pouvais le faire et je l'ai fait ; si j'avais prévu d'avance que cette naissance ébranlait et reconstituait en un clin d'œil, silencieusement et comme à mon insu, le niveau de réalité du spectacle, je ne m'y serais sûrement pas risqué, refroidi par cet apparent illogisme. Et j'aurais provoqué alors un déplorable affadissement de la beauté de mon ouvrage, ce que la ferveur de mon esprit m'aura permis d'éviter : car s'opposant à une fausse apparence logique, cette invraisemblable naissance repose sur une vraie nécessité en mystérieuse corrélation organique avec toute l'œuvre.

Si quelqu'un m'affirme maintenant que cette œuvre ne possède pas toutes les qualités qu'elle devrait avoir pour la raison que, mal composée, chaotique, elle pèche par excès de romantisme, je ne pourrai que sourire.

Cette remarque, je la comprends. En effet la représentation du drame dans le tourbillon duquel sont entraînés les six personnages apparaît tumultueuse et sans progression ordonnée : il n'y a aucun développement logique, aucun enchaînement dans la suite des événements. Ceci est vrai. L'aurais-je cherché à la lueur d'un lumignon que je n'aurais pu trouver une manière plus désordonnée, plus bizarre, plus arbitraire et compliquée, c'est-à-dire plus romantique, de représenter « ce drame dans le tourbillon duquel sont entraînés les six personnages ». C'est l'exacte vérité. Mais ce drame, je ne l'ai pas représenté : j'en ai représenté un autre — je ne répéterai pas lequel ! — où, entre autres plaisants éléments que chacun peut y découvrir selon ses goûts, figure justement une discrète satire de l'esthétique romantique : dans mes personnages mêmes si obstinés à vouloir l'emporter l'un sur l'autre en tenant le rôle que chacun d'eux joue dans un certain drame, alors que moi, je les présente comme des héros, d'une comédie différente qu'ils ne connaissent ni ne soupçonnent, de telle sorte que leur agitation passionnée, on ne peut plus d'esthétique romantique, est non sans humour placée et fondée sur le vide. Et représenté non de la façon dont il se serait organisé dans mon imagination si je l'y avais accueilli, mais comme tragédie refusée, ce drame des personnages ne pouvait être, dans mon ouvrage, qu'une « situation » appelée à un certain développement, ne pouvait se manifester que par des indices, tumultueusement et sans ordre, en violents raccourcis, d'une manière chaotique : perpétuellement interrompu, dévié, contredit et même nié par l'un des personnages, même non vécu par deux autres.

Il existe en effet quelqu'un — celui qui « nie » le drame faisant de lui un personnage : le Fils — qui tire toute sa valeur et son relief de se trouver être personnage non de la « comédie à faire » — en tant que tel, il n'apparaît presque pas — mais de la représentation que j'ai donnée de la chose. Il est somme toute le seul qui ne vive que comme « personnage en quête d'auteur », à ceci près que l'auteur qu'il cherche n'est pas un auteur dramatique. Il n'en pouvait être autrement : autant l'attitude de ce personnage est en rapport organique avec ma conception du spectacle, autant il est logique qu'il détermine au sein de la situation un regain de confusion, de désordre, une nouvelle occasion de contraste romantique.

Mais c'est ce chaos précisément, organique et naturel, que je devais représenter ; et l'avoir fait ne signifie pas représenter chaotiquement, à la mode romantique. Or, que ma représentation soit tout autre chose que confuse, claire au contraire, simple, ordonnée, rien ne le prouve davantage que l'évidence avec laquelle, aux yeux de tous les publics du monde, s'imposent l'intrigue, les caractères, les niveaux au sein de l'œuvre de l'imaginaire et du réel, du tragique et du comique et comment se dévoilent aussi, à des regards plus pénétrants, les qualités insolites qui s'y trouvent enfermées.

Grande est la confusion des langues parmi les hommes si de telles critiques ont des mots pour s'exprimer. Confusion d'autant plus grande qu'est parfaite la loi secrète qui, totalement respectée, rend mon œuvre aussi classique qu'originale et interdit toute parole à l'instant de la catastrophe finale. Lorsque, en effet, alors que tout le monde désormais est convaincu que l'artifice ne crée pas la vie et qu'à défaut d'un auteur qui le valorise dans son esprit, le drame des six personnages ne pourra être représenté, lorsqu'à l'instigation du Metteur en scène vulgairement curieux de savoir comment l'affaire s'est terminée, son issue nous est révélée par la bouche du Fils en chacun de ses moments matériels, privée de tout sens et sans que par conséquent la voix humaine soit nécessaire : inutile, le fait brut s'abat avec la détonation d'une arme à feu mécanique en pleine scène, brisant, dispersant la stérile tentative des personnages et des acteurs, à laquelle apparemment le poète n'a pas prêté son assistance.

Ce poète qui, à leur insu, se contentant d'observer de loin pendant tout le temps de cette tentative, se sera pourtant appliqué à faire d'elle et avec elle l'œuvre créée.

4.

L'ARIOSTE ET DON QUICHOTTE

... Dans l'éloignement du temps et de l'espace, l'Arioste voit s'étendre devant lui un monde merveilleux que la légende pour une part et les capricieuses inventions des jongleurs pour une autre ont construit autour de Charlemagne. Mais il ne voit pas l'empereur comme cette *chose obscure* que Pulci a imaginée, qui va et vient dans la grande salle du palais, personnage épouvanté par les formidables armées sarrasines et, plus fréquemment encore, par les menaces de vengeance que profèrent ses Paladins contre Gane et ses trahisons, lequel le mène par le bout du nez. Il ne le voit pas non plus comme Boiardo sous la forme d'un gros Charles retombé en enfance qui perd son temps en bavardages avec Angélique, les joues en feu et les yeux allumés parce qu'il se sent lui aussi la gorge sèche. Il comprend qu'un empereur ainsi fait appartient à la farce et au théâtre de marionnettes. Libre au peuple et aux enfants d'éclater de rire devant ces pantins. Exciter le rire est si facile lorsqu'on a recours à une burlesque grossièreté pour grossir les traits d'un visage ou que d'une manière plus générale on déforme la réalité par la violence du ridicule. Ce n'est pas à cela qu'aspire l'Arioste. Ce qui le place déjà bien au-dessus de ses prédécesseurs et, mieux encore, si haut peut-être qu'en dépit de ses efforts pour se perdre dans une telle matière ou pour l'attirer jusqu'à lui, celle-ci lui reste partiellement très inférieure, par ce qui subsiste en elle de désormais irréductible. C'est en maître absolu qu'il la domine et au gré des imprévisibles caprices de sa merveilleuse invention, il combine et sépare, associe et dissocie tous les éléments qu'elle lui fournit. Par ce jeu, dont la prodigieuse habileté vous éblouit et vous enchante, il réussit à se sauver, lui et la matière qu'il traite. Partout où cela lui est possible, c'est-à-dire dans ce que conservent d'éternel les illusions et les sentiments humains, il s'identifie totalement à son sujet, au point de donner à sa représentation des choses la consistance même du réel ; où cela ne lui est pas possible, c'est-à-dire dans les passages où éclate même à ses yeux l'irréparable irréalité de ce monde, il donne au contraire à sa représentation une légèreté presque de songe qu'une très fine ironie diffuse rend tout entière enjouée et qui ne rompt quasi jamais l'enchantement de telle ou telle opération magique rapportée par le récit, ni le charme encore plus merveilleux que dégage la magie de son style.

Voici le mot lâché : la magie du style. Le poète a compris que ce n'était qu'à une seule condition qu'on pouvait donner cohérence esthétique et vérité imaginaire à ce monde où justement la magie a si grande part. Et cette condition est celle-ci : qu'à son tour le poète devienne magicien et que son style tire de la magie sa qualité et sa vertu. Naît alors l'illusion que le poète crée en nous, que parfois même il se procure à lui-même, s'identifiant à son jeu jusqu'à s'y abandonner tout à fait. Ah ! ce jeu, qu'il lui paraît beau, au point qu'il brûle de le croire vrai : mais hélas ! ce n'est pas le cas ! De loin en loin, le voile si ténu se déchire et, à travers la déchirure, se découvre la réalité, celle du présent, la vraie, et alors l'ironie diffuse se condense soudainement et éclate en une révélation inattendue. Cette révélation cependant ne jure pas avec le contexte, ne choque jamais trop : on la pressent toujours. Aux illusions que le poète crée en nous et se procure à lui-même s'ajoutent celles que les personnages se créent et que les magiciens et les fées leur procurent. Tout un jeu d'illusions fantasmagoriques. Mais cette fantasmagorie est moins celle du monde représenté — qui a souvent, je le répète, la consistance de la réalité — que celle du style et de la représentation du poète qui, avec une merveilleuse pénétration, a compris que ce n'était que de cette manière, en rivalisant avec la magie, qu'il pouvait sauver les éléments irréductibles de cette matière et assurer leur cohérence avec tout le reste. En veut-on une preuve ? Au chant XII, le poète rivalise avec la magie d'Atlant : le magicien a édifié un château où les chevaliers s'efforcent en vain de chercher leurs dames qu'ils y croient captives. Ils sont trois, Roland, Ferragus et Sacripant, à poursuivre la fausse image d'Angélique qu'ils s'imaginent vraie. C'est alors que, plus magicien qu'Atlant, le poète fait en sorte qu'Angélique en chair et en os pénètre dans le château. Une Angélique qui peut se rendre aussi illusoire que le vain fantôme qu'Atlant a créé d'elle par magie :

Elle entre, car le magicien ne peut la voir.
Et les cherche tous, invisible grâce à l'anneau.

Elle trouve Roland et Sacripant
La cherchant en vain elle-même à travers le
[château.
Elle voit combien, par le fantôme qu'il a suscité
[d'elle,
Atlant en use avec tromperie à leur égard.
Sur ce qu'elle doit faire, elle hésite fort
En ses pensées et demeure indécise.

Otant de sa bouche l'anneau, elle leva
De devant les yeux de Sacripant le voile de son
[visage,
Croyant se montrer à lui seul, mais alors il se
[produisit
Que Roland et Ferragus survinrent.
Ils coururent tous sus à la dame, maintenant
Que n'agissait plus aucun enchantement ;
Car l'anneau qu'elle avait en main
Rendait vaine toute entreprise d'Atlant.

C'est l'intrusion d'une seconde magie dans une première magie. Le poète se sert de cet élément et le fait à tel point sien qu'en un tour de main, devant nos yeux en proie à l'illusion, la réalité devient magie et la magie réalité : aussitôt Angélique s'est-elle révélée que la réalité est là et que l'enchantement se brise. Que disparaisse l'anneau et voilà que le château d'Atlant revêt presque devant nous une consistance réelle. Quelle stupéfiante subtilité ! Jeu de magie, mais la véritable magie, c'est celle du style de l'Arioste.

Qu'attendre de plus de ces pauvres chevaliers ?

Tantôt ici et tantôt là, tout affairés, dans le bois
Ces pauvres dupes tournent leur visage effaré.

Qu'est-ce qui les fait donc s'offrir ainsi à la risée et s'élancer au-devant de malheurs encore plus terribles ? Mais l'amour, mes chers amis, qui, s'il n'est pas une folie au sens très précis du terme, en a fait et en fait commettre, dans le passé comme aujourd'hui, et en fera commettre d'innombrables de demain à la fin des temps !

Qui risque un pied au piège d'Amour
Qu'il le retire et n'y reste pas l'aile engluée :
Car Amour n'est que folie
Selon le dire universel de nos sages.
Et bien que nul ne soit aussi fou que Roland,
Sa fureur signale le danger :
Quel plus grand signe de folie
Que de se perdre par désir d'autrui ?

Variés en sont les effets : mais tout une
Est la folie qui les engendre.
Pareille à une vaste forêt où la route
Egare fatalement celui qui l'emprunte.

Avec ces deux derniers vers, le poète nous donne une image parfaite de son poème qui, pour une si grande part, repose sur l'amour qui rend fou. Fontaines, jardins, châteaux enchantés ? Eh bien ! oui. Si toutes ces choses ne sont aujourd'hui pour nous que phantasmes inconsistants, elles ont été l'équivalent d'une réalité par la grâce des folies que l'Amour faisait faire jadis, là-bas, en ce monde lointain. Riez-en si cela vous amuse, mais songez que de nos jours aussi bien que dans l'avenir, l'amour crée et créera toujours d'autres fallacieuses images nées de l'éternelle magie de son pouvoir d'illusion pour le ridicule égarement et pour le tourment des hommes. Si vous riez de ces hommes-là, vous pouvez rire aussi de vous-mêmes.

... Tu vas, frère,
Montrant autrui, et ne vois point ta propre erreur.

Sous la fable est la vérité. Regardez : il suffit que le poète alourdisse un peu le trait pour que la fable devienne allégorie. La tentation est forte et en effet, ici et là, il y succombe. Mais par bonheur sa fantaisie lui rend aussitôt ses ailes et le ramène à la juste mesure, au ton juste dont il a usé dès le début. De Roland, il dira :

Que d'homme très sage qu'il était
Il devint par amour fou furieux.
Si par celle qui m'a rendu presque semblable
Mon peu d'esprit va s'usant,
Il m'en sera pourtant accordé
Assez pour tenir ce que j'ai promis.

Cette vertu magique, le style la possède dès le début. En ce qui touche la représentation, tout le premier chant n'est que fantasmagorie, succession d'éclairs, apparitions fugaces. Et ces éclairs n'éclatent pas pour n'éblouir que les lecteurs, mais aussi les acteurs du drame. Qu'on en juge : voici Renaud qui apparaît à Angélique, l'Argail à Ferragus cherchant son casque, le cheval Bayard à Renaud et Angélique à Sacripant ; puis à tous les deux Bradamante, en attendant le messager et encore une fois Bayard et encore de nouveau Renaud. Et aussitôt ont-ils zébré l'obscurité que ces éclairs s'éteignent comiquement, avec tout ce qu'il y a de trompeur et d'imprévu dans l'illusion. C'est consciemment que le poète exerce sa magie. Il ne nous laisse pas souffler, abandonnant celui-ci, se saisissant de cet autre. Il abasourdit et sourit de l'abasourdissement d'autrui, comme de celui de ses personnages.

A peine s'est-il mis en chemin que Renaud voit
Bondir devant lui son destrier sauvage :
Arrête, ô Bayard, cesse de fuir !
Etre privé de toi m'est si dur.
Mais, sourd à ces cris, le destrier
S'éloigne d'un galop plus vif.
Renaud le suit, la rage au cœur.
Mais suivons Angélique qui fuit.

Qu'on se figure si Bayard avait envie de s'arrêter ! Son maître est amoureux, donc fou.

Ce destrier, intelligent à n'y pas croire
Comprend ce que son maître ne comprend pas.

Et voilà : l'entendement que l'Amour ôte aux hommes, le poète le donne à une bête. Au chant II, strophe 20, il dit, à la manière d'un commentaire : « Le destrier qui possédait une intelligence humaine. » Humaine, oui, mais — cela va de soi — pas d'un homme abusé par l'amour !

Je ne jurerais pas qu'il n'y eût pas là une pointe de satire. L'ironie du poète est comme une très fine scie armée de tellement de dents — parmi lesquelles la satire — qu'elle mord un peu tout le monde, tout doucement, subrepticement, à commencer par le cardinal Hippolyte d'Este, son patron.

O magnanimité des paladins du temps passé !

Croyez-vous qu'ici l'ironie porte uniquement sur le fait que Ferragus et Renaud, après s'être battus comme on sait, enfourchent le même cheval, comme si rien ne s'était passé ? Rajna dit que les romans français rapportent en toute bonne foi nombre d'exemples d'une si magnanime courtoisie. Il en cite trois, tirés de *Tristan,* et conclut : « Telle est la courtoisie et la loyauté des chevaliers de Bretagne. » Parfait ! Mais certainement pas des chevaliers de l'Arioste en qui l'on cherchera en vain le moindre soupçon d'esprit chevaleresque. Pour s'en rendre compte, il suffit de penser à la réponse que Ferragus aurait pu faire lorsque Renaud lui propose d'interrompre le duel : « Je ne me bats pas pour m'approprier une proie ; je combats pour défendre une dame qui m'a appelé à son secours. Et s'il m'a été donné de pouvoir la défendre, je n'aurai pas combattu en vain. » Voilà ce qu'aurait répondu un chevalier du temps jadis, vraiment d'une noblesse sans tache. Mais Ferragus tout comme Renaud ne voient en Angélique qu'une proie à s'approprier et, puisque cette proie leur échappe, ils s'offrent mutuellement de l'aide afin de la retrouver en vertu d'un principe des plus positifs et pas le moins du monde chevaleresque. D'où il s'ensuit que l'exclamation : *O magnanimité des paladins du temps passé !* est bel et bien ironique et teintée de dérision. Cela est si vrai qu'un peu plus loin, au chant II, quand se répète la situation du duel interrompu pour une raison identique, Renaud laisse Sacripant tout bonnement planté sur ses pieds.

Où l'attend Bayard, il se rend
Saute dessus, part au galop ;
Et au chevalier qu'il laisse démonté en plein bois
Il ne dit même pas adieu ni ne l'invite à monter
[en croupe.

Prenez au sérieux après cela :

O magnanimité des paladins du temps passé !

Le poète plaisante, et avec ce pauvre roi de Circassie, « ce Sacripant qu'Amour tourmente », la plaisanterie, vraiment cruelle, passe les bornes. Sa manière de le dépeindre d'abord : « Ses joues sont un ruisseau, sa poitrine un volcan ! » A côté de lui, il place celle qui, pleine de bonté, est l'objet de ses lamentations. Puis sous les yeux de cette Angélique, il lui fait misérablement mordre la poussière par un chevalier qui passe et disparaît. Et Angélique en est encore à le consoler avec une fine ironie — accusant, bien sûr, le cheval d'être responsable de cette chute — que déjà le poète lui administre le coup de pied de l'âne par le truchement du messager qui, affligé et éreinté, survient sur une haridelle.

Sache que c'est la haute valeur d'une gente demoi-
[selle
Qui t'a fait vider les arçons.

C'est à mourir de rire ! Mais ce n'est pas tout : arrive Renaud, Angélique s'enfuit et notre pauvre Sacripant, roi de Circassie, reste grosjean comme devant, battu et privé de monture.

Après tout, qu'il se console : il n'est pas le seul à subir de telles disgrâces. D'autres en connaissent même de pires. Il y en a pour tout le monde ! Le poète se divertit à représenter mille trompeuses illusions et en arrive même à abuser les magiciens qui ourdissent ces tromperies. Que voulez-vous ? L'amour, la magie, le hasard s'en donnent ici à cœur joie. Comme il aura représenté les folies de l'amour et les faux-semblants de la magie, l'Arioste nous offre à constater les inconstances de la fortune.

S'étant séparé de Renaud à la croisée de deux chemins, Ferragus tourne en rond, se retrouve « là d'où il était sorti » et comme il a perdu l'espoir de rejoindre Angélique, oubliant les coups échangés, le combat différé, il se remet à chercher le casque qu'il avait laissé choir dans l'eau.

Maintenant si la fortune exécute ma volonté
(Ce que tu ne voulus pas faire)
N'en sois pas troublé...

lui crie l'Argail sortant de l'onde et tenant dans sa main le casque que Ferragus avait perdu juste à l'endroit où le cadavre de l'Argail avait été jeté. Ici un trait dont le comique nous échappe, mais que devaient peut-être trouver drôle ceux à qui étaient familiers le poème et les personnages de Boiardo, se dégage des vers qui dépeignent l'horreur de Ferragus voyant surgir le fantôme de l'Argail.

... *Tout son poil* se hérissa
Et son visage de blêmir...

Or, à propos de Ferragus, Boiardo avait écrit

Tout bouclé *et* noir *comme le charbon.*

Comment dès lors l'imaginer le poil tout hérissé et le visage décoloré ? Est-ce qu'une fois de plus, dans ce passage, l'Arioste ne s'amuserait pas un peu ?

Quant à Renaud, l'autre combattant, Charlemagne, l'expédie en Bretagne pour quêter du secours et, empêché ainsi de poursuivre Angélique,

Qui lui avait ôté le cœur de la poitrine

il arrive le jour même à Calais.

Contre l'avis des nautoniers,
Brûlant de revenir au plus tôt,
Il s'embarqua sur une mer houleuse et irritée.

Oui, ma foi, poussé par le vent vers l'Ecosse ,il oublie Angélique, Charlemagne, le pressant désir qu'il avait de revenir pour s'enfoncer tout seul dans la grande Forêt calédonienne, empruntant tantôt un chemin, tantôt un autre

Selon qu'il pense y trouver d'étranges aventures.

Le voici dans une abbaye. D'abord, il mange, puis il demande à l'abbé comment on peut rencontrer de telles aventures afin de faire montre de sa valeur. Alors « les religieux et l'abbé »

Lui répondent qu'errant dans ces bois,
Des aventures il en aura, aussi étranges que nom-
[breuses.
Mais qu'à l'instar des lieux, les hauts faits demeu-
[rent obscurs
Car la plupart du temps, il n'en est fait aucune
[mention.
Qu'il s'efforce d'aller donc, disent-ils,
Où il sait que ses actions ne resteront pas ense-
[velies
Afin qu'aux périls et aux peines
S'attache la renommée et qu'on la dise légitime.

Rajna se plaît à relever ici que « jamais comme dans ce passage un baron du cycle de Charlemagne n'a été plus expressément converti en chevalier errant », mais il doit convenir aussi que « les paroles de ces hôtes donnent cependant à entendre à quel point l'esprit de la chevalerie s'est désormais perdu », puisque la modestie a toujours compté comme un des tout premiers devoirs parmi les plus fameux Errants, au point que rien n'est plus difficile que de les amener à s'avouer l'auteur d'une action d'éclat, et que même en présence de milliers de spectateurs, ils cherchent à se dissimuler sous des armures mystérieuses ; c'est presque toujours *incognito* qu'ils chevauchent par monts et vaux, changeant souvent de devise et répugnant la plupart du temps à se faire reconnaître, fût-ce de leurs plus chers et fidèles amis.

Et alors ? Comment ne pas déduire de tout cela que

se manifeste ici une intention satirique, si forte même chez le poète qu'elle lui fait négliger, tout au moins pour une fois, le sérieux des règles artistiques qu'il a pourtant, plus que quiconque, l'habitude de respecter ? Car, dans la conduite de Renaud, l'incohérence esthétique est d'une évidence inexcusable : privé de toute liberté, ce personnage est le jouet de la volonté de l'auteur.

Si j'ai tenu à noter la chose, c'est qu'il me semble qu'on tend trop, depuis quelque temps, à forcer les limites de l'identification du poète avec la matière qu'il traite. Qu'il soit difficile de les voir nettes et précises, j'en conviens. Mais ce n'est pas les voir du tout, à mon avis, ou *ne tirer que peu de clarté de la lumière du discours* que, tout en reconnaissant — ainsi qu'il est juste de le faire — l'identité du poète et de son monde, on nie l'existence de l'ironie, soit qu'on l'exclue en grande partie ou qu'on lui accorde peu d'importance. Ces deux éléments ensemble — identification et ironie — ont besoin d'être reconnus, puisque c'est dans leur accord à première vue contradictoire — accord sinon toujours parfait, du moins presque toujours atteint — que réside, je le répète, le secret du style de l'Arioste.

L'identification du poète avec son monde consiste dans le fait que, grâce à la puissance de son imagination, celui-ci *voit* dégrossi, achevé en chacun de ses profils, précis, clair, ordonné et vivant, un monde que d'autres avaient grossièrement assemblé et peuplé d'êtres qui, à cause de leur gaucherie, de leur bêtise, de leur puérile incohérence, etc., n'avaient aucune chance d'être pris au sérieux, fût-ce par leurs propres créateurs ; à quoi s'ajoutaient encore des magiciens, des fées, des monstres qui ne pouvaient naturellement qu'en augmenter l'irréalité et l'invraisemblance. Le poète arrache ces êtres à leur état de fantoches et de phantasmes, leur donne consistance et cohérence, leur procure vie et caractère. Jusque-là, instinctivement, il obéit à sa propre imagination. Puis intervient la spéculation. Il y a dans ce monde, je l'ai dit, un élément irréductible que le poète ne parvient pas à objectiver sérieusement sans se montrer conscient de son irréalité. Avec l'admirable finesse dont j'ai déjà parlé, il s'ingénie à le rendre cohérent. Mais l'imagination ne se prête pas toujours à ce jeu. Et c'est alors que la spéculation offre son aide : la vie perd son mouvement spontané, devient machinerie, allégorie. Il y a là quelque chose de forcé. Le poète entend donner une certaine consistance à ces constructions imaginaires dont il sent l'irréductible irréalité au moyen de ce que j'appellerai un étayage moral. Effort vain, mal conçu, car le seul fait de donner un sens allégorique à une représentation laisse voir clairement qu'on la considère comme une fable qui, ne possédant aucune vérité ni imaginaire ni concrète, n'est destinée qu'à démontrer une vérité morale. Il y a gros à parier que de telles vérités morales, le poète se soucie peu de les démontrer et que ces allégories sont dans le poème des palliatifs inspirés par la réflexion. Voilà ce qu'étaient ce monde et les éléments qu'il offrait. Nul moyen d'en éliminer sans le dénaturer tout à fait l'élément de la magie et du merveilleux chevaleresque. Le poète dès lors ne peut que chercher à le réduire à un symbole ou l'accepter tel qu'il est, non sans, bien sûr, quelque ironie.

Un poète qui ne croit pas à la réalité de sa propre création peut la représenter comme s'il y croyait, c'est-à-dire ne pas se montrer conscient de cette irréalité ; il peut représenter comme vrai un monde à lui, imaginaire, vraiment de rêve, régi par ses propres lois et, en vertu de telles lois, parfaitement logique, cohérent. Lorsque le poète adopte une telle attitude, le critique n'a plus à se demander si ce que le poète lui donne à voir est vérité ou songe, mais si comme songe cela est vrai, puisque le poète n'a pas voulu représenter une réalité effective, mais un rêve qui aurait apparence de réalité — réalité de rêve, bien entendu, imaginaire, non effective.

Or, tel n'est pas le cas de l'Arioste. En maints endroits, nous l'avons vu, il manifeste ouvertement qu'il a conscience de l'irréalité de sa création, dans les passages également où le merveilleux de ce monde se trouve revêtu par ses soins d'une valeur morale et d'une consistance non point fantastique, mais logique. Le poète ne veut pas créer et représenter comme vrai ce qui n'est au fond qu'un songe. Il n'est pas préoccupé seulement par la vérité imaginaire de son monde, mais aussi par sa réalité effective. Il ne veut pas que son monde ne soit peuplé que de fantômes et de fantoches, mais d'hommes vivants et vrais, poussés à agir, remués par les passions qui sont les nôtres. Le poète, somme toute, est moins attentif à ce qui conditionne ce passé légendaire devenu réalité imaginaire dans sa vision qu'à ce qui détermine rationnellement le présent transporté et implanté dans ce monde lointain. Lorsque s'y rencontrent des éléments capables de se plier à de telles lois, il va de soi que la réalité imaginaire est sauve ; mais chaque fois qu'il n'en est rien, par l'irréductibilité même de ces éléments, l'ironie éclate fatalement et cette réalité se brise.

Ces *impératifs rationnels du présent* quels sont-ils ?

D'abord le bon sens dont le poète est doté. Ensuite les conditions d'existence de la vie, dans les limites des possibilités naturelles : limites que la légende, pour une part, mais surtout l'arbitraire capricieux de vulgaires jongleurs mal embouchés avaient violées de la manière la plus gauche, balourde et grotesque qui soit. Enfin l'esprit du temps où l'Arioste a vécu.

Nous avons vu Ferragus et Renaud chevauchant la même monture en vertu d'un principe, comme j'ai dit, aussi positif que peu chevaleresque ; entendu les conseils de l'abbé à Renaud en quête d'aventures. Nous pourrions multiplier les exemples, mais nous nous en tiendrons sans plus au vol de Roger sur l'hippogriffe. Même lorsque le poète, grâce à la magie de son style, réussit à donner la consistance de la réalité à cet épisode merveilleux, poussant son vol à des hauteurs trop prodigieuses au sein de ce réel imaginaire, comme si soudain il avait craint tant pour lui que pour qui l'écoute le malaise du vertige, le voici qui pique un plongeon pour reprendre pied sur le terrain de la réalité effective, rompant ainsi l'enchantement du fantastique. Roger chevauchant l'hippogriffe exécute un vol sublime, mais du sublime même de ce vol, le poète avise sur terre les impératifs rationnels du présent qui lui crient : Descends ! Descends !

Ne croyez pourtant pas, Messeigneurs,
Qu'au cours d'un si long voyage, il ne quitte
[jamais ses ailes :
Chaque soir, il se rend à l'auberge,
Evitant de se mal loger, dans la mesure du pos-
[sible.

Et cet hippogriffe, qu'en penser ? Est-il vrai ? Tout à fait vrai ? En d'autres termes, le poète le représente-t-il vraiment sans se reconnaître conscient de son irréalité ? Il le voit pour la première fois fondre du château d'Atlant, au sommet des Pyrénées, portant l'enchanteur en croupe, et, nous dit-il, le château, en tant que château, bien sûr, n'était pas vrai, mais illusoire : un effet de la magie, alors qu'au contraire l'hippogriffe était vrai, né de la nature. Vraiment vrai ? Fils de la nature ? Mais certainement : fruit des amours d'un griffon avec une jument. Il y en a dans les monts Ryphées.

Ah ! oui, vraiment ? Et comment se fait-il alors qu'on n'en voie jamais ? — Oh ! mon Dieu, il y en a, mais *en si petit nombre*... Cette ironique atténuation me rappelle la bonne histoire napolitaine de cet imposteur qui se lamente sur ses misères et, parmi d'autres, sur le malheur de son père qui a tant souffert avant de mourir, réduit qu'il était, le pauvre, à vivre sans foie pendant je ne sais combien de mois. Comme on lui objecte que sans foie, il est impossible de vivre, il concède qu'en effet, il avait un foie, oui, mais si petit ! Ainsi en est-il des hippogriffes : il y en a, mais en si petit nombre ! Imposteur au sens propre, le poète se refuse à en avoir l'apparence. Il a l'air de nous dire : Ces extravagances, Messeigneurs, je ne puis m'en passer, il faut qu'elles entrent dans mon poème ; et il faut aussi que moi, dans la mesure du possible, je donne à croire que j'y crois.

Et voici se dressant ici la grande muraille qui ceint la cité d'Alcine :

... Elle semble s'élever jusqu'au ciel
Et être d'or de sa cime au sol

Comment donc ? Une muraille d'or ? Toute en or ?

Certains sont d'un autre avis
Et la disent œuvre d'alchimie.
Il est possible qu'ils se trompent ou s'y connais-
[sent mieux que moi.
A moi, elle me semble d'or, puisqu'elle est si res-
[plendissante.

Comment s'exprimer plus clairement ? Le poète sait comme nous tous que « tout ce qui brille n'est pas or » ; mais il faut qu'il y voie de l'or « puisqu'elle est si resplendissante ». Pour autant qu'on peut *être à l'unisson* de ce monde, il s'est dès les premiers mots reconnu aussi fou que son héros. Il s'institue alors un jeu de perpétuels accommodements pour maintenir l'accord entre lui-même et la matière de l'œuvre, entre ce qui conditionne l'invraisemblance de ce passé légendaire et les impératifs rationnels du présent. Il déclare :

Qui s'en va loin de sa patrie
Voit des choses fort éloignées de ce qu'il croyait,
Au point que lorsqu'il les raconte, on ne le croit
[pas
Et qu'il est tenu pour un menteur :
Le vulgaire imbécile refuse de lui accorder foi
Faute de voir et de toucher des objets clairs et
[simples.
C'est pourquoi je sais que l'inexpérience
Fera n'accorder que peu de créance à mon chant.

Quoi qu'il en soit, je n'ai nul besoin
De m'adresser au vulgaire imbécile et ignare.

Vous autres n'y verrez point mensonge
Qui percevez avec clarté la lumière de mes propos.

Percevoir avec clarté la lumière des propos signifie ici savoir lire à travers le voile des vers. Nous en sommes au début du chant d'Alcine et le poète nous laisse entendre : lorsque je dis Alcine, Mélisse, Eriphile, *l'inique* troupe, ou encore Logistille, Andronique, Fronesie, Dicille ou Sophrosine, vous voyez bien à quoi je veux faire allusion. C'est là un nouvel expédient (d'ailleurs peu heureux) pour maintenir l'accord, mais qui cependant, comme tous les autres, trahit l'ironie du poète, c'est-à-dire la conscience qu'il a de l'irréalité de sa création. Toutefois cette ironie, là où l'accord ne peut s'établir, n'est jamais ni grinçante, ni dissonante, pour la raison qu'il est toujours dans l'intention de notre poète de parvenir à cet accord et que cette intention d'accord est en elle-même ironique.

L'ironie se trouve dans la vision que le poète a non seulement de ce monde imaginaire, mais de la vie elle-même et des hommes. Tout est fable et vérité, puisqu'il est fatal que nous tenions pour vraies les vaines apparences qui procèdent de nos illusions et de nos passions. S'illusionner peut être beau, mais à trop imaginer, on en arrive ensuite toujours à déplorer qu'il y ait eu tromperie ; et cette tromperie nous apparaît ou comique ou tragique selon que nous aurons plus ou moins participé aux malheurs de ceux qui en firent les frais, selon l'intérêt ou la sympathie qu'auront suscité en nous telle passion ou telle illusion, selon les effets enfin dont cette tromperie est responsable. C'est ainsi qu'il nous est donné de voir l'ironie du poète se manifester dans son œuvre d'une manière encore différente, non plus distincte et évidente, mais au travers de la représentation elle-même en laquelle il aura réussi à se couler de telle sorte que cette ironie soit ressentie telle qu'elle se veut. Objectivée, elle se dégage, somme toute, des moments mêmes où le poète ne se reconnaît pas ouvertement conscient de l'irréalité de ce qu'il représente.

Voici Bradamante à la recherche de son Roger : pour le sauver, elle a failli périr de la main du Mayençais Pinabel. Le poète lui inflige en même temps qu'au lecteur le supplice de s'entendre énumérer et de se voir montrer du doigt par la magicienne Mélisse tous ses illustres descendants ; puis, traversant des monts inaccessibles, elle gravit des pentes escarpées, traverse des torrents, arrive au bord de la mer, tombe sur l'hôtellerie où loge Brunel (et ici, on ne nous dit pas si elle y mange), reprend la route

De mont en mont et d'une forêt à une autre

pour atteindre enfin les Pyrénées. Elle s'empare de l'anneau, lutte contre Atlant, réussit à rompre l'enchantement, dissipe en fumée le château du magicien et, après avoir tant erré, subi tant de peines et de tourments, elle voit son Roger sous ses yeux, ce Roger qu'elle vient de libérer, emporté par l'hippogriffe. Oui, mes amis ! Il ne lui reste qu'à recevoir les remerciements de ceux dont la libération était le cadet de ses soucis. Et encore, elle n'est guère gâtée, car

Dames et chevaliers, de se trouver
Hors des belles chambres, en pleine campagne,
Furent nombreux à s'en affliger
Car ce haut fait les privait d'un grand plaisir.

L'Arioste n'en dit pas plus. Un véritable humoriste n'aurait pas laissé échapper cette magnifique occasion de décrire les effets de l'enchantement soudain rompu dans l'esprit des dames et des chevaliers qui se retrouvent à la campagne et qui souffrent d'avoir échangé le bien précieux de l'esclavage contre une liberté qui, les tirant de leur beau rêve, les précipite dans une dure réalité nue. Cette description n'existe pas. Le poète se complaît, au contraire, à nous en offrir une autre, tout comme Atlant se complaisait à plaisanter avec les chevaliers venus le défier : je veux parler du tableau comique de tous ces gens libérés qui s'acharnent à vouloir s'emparer de l'hippogriffe, lequel les entraîne à sa suite dans le paysage

Comme la corneille sur le sable aride
Qui se joue de la poursuite du chien.

Pourquoi cette occasion manquée ? Parce que le poète, dès le début, à l'égard de la matière qu'il traite, a adopté une attitude en opposition totale avec celle que l'humoriste aurait choisie. Il évite le contraste et recherche l'accord entre les impératifs rationnels du présent et le fabuleux qui conditionne ce monde révolu : et cet accord, il l'obtient d'une manière ironique, puisque, ainsi que je l'ai dit, cette intention d'accord est déjà en elle-même ironique. Mais cela a pour effet que ces conditions d'existence fabuleuses, loin de s'affirmer comme réalité dans la représentation, se dissolvent dans l'ironie, pour parler comme De Sanctis, une ironie qui, dans la mesure où elle annule le contraste, n'est plus capable de se dramatiser d'une façon comique, mais reste comique sans trace de drame.

Ce qui s'affirme, par contre, ce sont les impératifs rationnels du présent transportés et implantés dans les éléments de ce monde lointain susceptibles de les accueillir : le drame alors est aussi possible, mais représenté sur le mode sérieux, voire tragique. C'est Geniève, Olympie, la folie de Roland. Les deux éléments — comique et tragique — ne se confondent jamais.

Ils se confondront dans une œuvre où le poète, loin de se montrer conscient de l'irréalité de ce monde imaginaire, loin de rechercher un accord avec lui qui n'est possible fatalement que par le biais de l'ironie — la conscience de cette irréalité se manifestant de mille manières —, loin de transporter dans ce monde imaginaire les impératifs rationnels du présent pour les implanter dans les éléments susceptibles de les accueillir, donnera à ce monde imaginaire et révolu la consistance d'un être vivant, d'un corps de chair : il l'appellera Don Quichotte, lui fourrera dans l'esprit et lui procurera pour âme toutes ces extravagances, le dressant contre le présent en un jeu perpétuel et douloureux de contraste et de contestation. Jeu douloureux car en lui-même le poète sentira, vraie et vivante, s'agiter cette créature et éprouvera avec elle le choc des heurts et des oppositions.

Si l'on cherche à établir des points de contact et de ressemblance entre l'Arioste et Cervantes, il suffira tout simplement de rendre claire en deux mots la situation où dès le début Cervantes place son héros et celle où l'Arioste s'est mis. Don Quichotte ne feint pas de croire, comme c'est le cas de l'Arioste, à ce monde merveilleux des légendes chevaleresques : il y croit pour de bon. Il le porte, il l'a en lui, ce monde qui est sa réalité, sa raison d'être. Tout autre est la réalité que l'Arioste porte et sent en lui et, la transportant avec lui, il se trouve comme égaré dans la légende. Don Quichotte, inversement, transportant en lui la légende, c'est dans la réalité qu'il se trouve comme égaré. Cela est si vrai que pour éviter le complet délire et se retrouver de quelque façon, égarés comme ils le sont, l'un se met à rechercher la réalité dans la légende, l'autre la légende dans la réalité.

Ces deux attitudes, comme on voit, s'opposent radicalement.

Oui, nous dit Don Quichotte, ces moulins à vent sont des moulins à vent, mais également des géants. Ce n'est pas moi, Don Quichotte, qui ai confondu ces moulins à vent avec des géants. C'est le magicien Freston qui a changé les géants en moulins à vent.

C'est la légende dans l'évidente réalité.

Oui, nous dit l'Arioste, Roger vole sur l'hippogriffe. Le magicien Freston, autrement dit l'imagination sans frein de mes prédécesseurs, a jeté dans ce monde-là des animaux de cet acabit et il faut bien que sur leur dos je fasse s'envoler mon Roger. Mais je vous dirai cependant qu'il se rend chaque soir à l'auberge et que, dans la mesure du possible, il évite de se mal loger.

C'est la réalité dans l'évidence de la légende.

Mais feindre de croire est une chose, croire pour de bon en est une autre. Ironique en soi-même, feindre de croire peut conduire à un accord avec la légende, laquelle, comme on aura vu, soit se dissout facilement dans l'ironie, soit se laisse réduire aux apparences de la réalité par un processus opposé à la façon de se développer de l'imaginaire, c'est-à-dire en recourant à un étayage logique. Au contraire, la réalité vraie, s'il arrive qu'elle se laisse par moments transformer en spectacles invraisemblables par l'imagination d'un maniaque, résiste et l'on s'y casse le nez dès que ce maniaque ne se contente plus de la contempler de loin. mais vient donner de la tête dessus. Tomber sur un château fictif qui veut bien tout à coup se dissiper en fumée est une chose ; c'en est une autre que d'avoir affaire à un vrai moulin à vent qui, lui, ne se laisse pas terrasser comme un géant imaginaire.

« Regardez, monsieur, crie Sancho à son maître, ceux qui paraissent là ne sont pas des géants, mais des moulins à vent et ce qui semble des bras sont les ailes, lesquelles, tournées par le vent, font mouvoir la pierre du moulin [1]. »

Mais Don Quichotte adresse un regard de compassion à son écuyer pansu et crie aux moulins :

« Vous pourriez mouvoir plus de bras que ceux du géant Briarée : vous allez me le payer [1] ! »

Hélas, hélas ! c'est lui qui paye. Et nous rions. Mais le rire qui éclate ici à la suite de ce choc avec la réalité ne ressemble pas à celui qui naissait à la suite de l'accord en quête duquel était l'Arioste avec son monde imaginaire par le moyen de l'ironie qui nie, elle, précisément, la réalité du monde. L'un est le rire de l'ironie, l'autre le rire de l'humorisme.

Lorsque Roland se heurte, lui aussi, à la réalité et perd complètement la tête, il jette ses armes, se démasque, se dépouille de tout appareil légendaire et se rue tout nu en pleine réalité. C'est l'explosion de la tragédie. Personne n'a le cœur de rire de son aspect et de ses actes : quel que soit le comique qui s'y attache, il disparaît sous le tragique de cette fureur.

1. En espagnol dans le texte. Traduction française C. Oudin et F. Rosset. Ed. La Pléiade.

Don Quichotte aussi est fou. Mais c'est un fou qui ne se déshabille pas, un fou qui, au contraire, se revêt d'oripeaux, qui se masque de cet appareil légendaire et, ainsi masqué, il s'avance avec le plus grand sérieux au-devant de ses ridicules aventures.

Cette nudité et cette mascarade sont les signes les plus manifestes de leur folie. L'une, dans sa violence tragique, comporte un certain comique ; l'autre, dans son pouvoir comique, comporte un certain tragique. Cependant, nous ne rions pas des fureurs de celui qui est nu ; nous rions des prouesses de celui qui est masqué, non sans constater que ce qu'il y a de tragique en lui n'est nullement anéanti par le comique de sa mascarade, comme le comique de la nudité est au contraire anéanti chez l'autre par le tragique de sa furieuse passion. Nous sentons, somme toute, qu'ici le comique est aussi dépassé, non par le tragique pourtant, mais à travers le comique lui-même [1]. Nous éprouvons de la commisération en riant ou nous rions en éprouvant de la commisération.

Comment Cervantes est-il parvenu à obtenir un tel effet ?

Pour ma part, je n'arrive pas à croire que l'ingénieux gentilhomme Don Quichotte soit né *en un lugar de la*

1. J'applique ici la formule de Lipps qui définit l'humorisme : « Dépassement dans et à travers le comique » (*Le Comique et l'Humour*, p. 243). Mais comment expliquer ce dépassement du comique à travers le comique lui-même ? L'explication que Lipps en donne ne me semble pas acceptable pour les raisons mêmes qui infirment toutes sa théorie esthétique. Voir sur ce point la critique qu'en fait Croce dans la seconde partie de son *Esthétique* (p. 434).

Mancha et pas plutôt à Alcala de Henares, en l'an 1547. Je n'arrive pas à croire que la fameuse bataille de Lépante qui ne devait être, comme tant d'autres magnanimes entreprises de la chevalerie préparée à grand fracas, qu'un coup de bâton dans l'eau, au point que le subtil Grand Vizir de Selim a pu dire aux chrétiens : « Nous vous avons coupé un bras en vous prenant l'île de Chypre ; mais vous, que diable nous avez-vous fait en nous détruisant tant de navires aussitôt reconstruits ? Vous nous avez coupé la barbe, qui a repoussé dès le lendemain. » — je n'arrive pas à croire, disais-je, que la fameuse bataille de Lépante dont les Chrétiens confédérés ne surent tirer aucun profit, ne soit pas quelque chose d'assez proche de « l'épouvantable et jamais imaginée aventure des moulins à vent ».

« Sancho, dit Don Quichotte à son fidèle écuyer, c'est ici une bonne guerre et c'est faire grand service à Dieu d'ôter une si mauvaise semence de dessus la face de la terre ! »

Don Quichotte n'aurait-il pas vu un turban turc sur le crâne de ces géants que le bon Sancho prenait pour des moulins à vent ?

Ils l'étaient peut-être pour l'Espagne.

L'île de Chypre pouvait revêtir une grande importance aux yeux des seigneurs vénitiens tout comme une guerre contre les Turcs aux yeux de Pie V, ce fier pontife dominicain dans les veines usées de qui le sang encore chaud de la jeunesse gardait toute son ardeur. Mais en ces beaux jours de printemps, où, chargé de plaider la cause des Vénitiens, l'envoyé du pape Torrès arriva en Espagne, Philippe II s'en allait assister aux somptueuses fêtes de Cordoue et de Séville : moulins à vent que les navires du Grand Vizir.

Pas pour Don Quichotte cependant : j'entends Don Quichotte d'Alcala, et non Don Quichotte de la Manche. Pour lui c'étaient de vrais géants et avec quel cœur de géant il se porta à leur rencontre !

Mal lui en prit, hélas ! Mais pas plus qu'il ne voulut s'en prendre à un quelconque ennemi ou à l'ingratitude du sort, il ne voulut se rendre à l'évidence. Plus que toutes autres, dit-il alors, les choses de la guerre sont sujettes à de perpétuels changements. Et il pensa — ce qui lui parut vérité pure — que le magicien Freston, ce triste enchanteur, son ennemi, qui l'avait déjà privé de ses livres et de sa maison, avait transformé les géants en moulins pour lui ôter l'honneur de la victoire.

Cela seulement ? Non, encore plus : une main qu'il lui ôta, ce magicien. Une main et la liberté.

Nombreux sont ceux qui se sont demandés pour quelle raison le valeureux soldat, le vétéran de Lépante et de Terceira qu'était Miguel Cervantes a pu concevoir un personnage comme le Chevalier à la Triste Figure et composer un livre comme le *Don Quichotte* plutôt que chanter sur le mode épique — ce qui sans doute eût mieux convenu à l'héroïsme de son tempérament — la geste du Cid, les triomphes de Charles Quint ou même la journée de Lépante et l'expédition des Açores. On a même voulu supposer que Cervantes avait créé son héros pour la raison qui poussa plus tard notre bon Tassoni à inventer son comte de Culagne. Reconnaissons pourtant que quelqu'un s'est risqué à avancer que la véritable motivation de l'ouvrage réside dans l'opposition, constante en nous, entre les tendances poétiques et prosaïques de notre nature, entre les illusions de la générosité, de l'héroïsme et la dure expérience de la réalité. Mais cette idée qui voudrait être une explication abstraite du livre ne nous fournit pas la raison de sa composition.

Si nous écartons comme inadmissibles les vues de Sismondi et de Bouterwek, tous les critiques s'en sont plus ou moins tenus à ce que Cervantes déclare lui-même dans le prologue à la première partie de son chef-d'œuvre et dans la conclusion du second volume : à savoir que ce livre n'a nul autre but que de stopper et de détruire l'importance que les ouvrages de chevalerie ont dans le monde et auprès du vulgaire et que l'auteur n'a jamais nourri d'autre désir que de vouer à l'exécration des hommes les mensongères extravagances des histoires de chevalerie qui, frappées à mort par l'histoire vraie que raconte le *Don Quichotte*, ne marchent plus qu'en titubant et vont sans doute s'écrouler pour tout de bon.

Nous nous garderons bien de contredire l'auteur ; d'autant plus que nul n'ignore le pouvoir qu'à cette époque les livres de chevalerie possédaient en Espagne et à quel degré de folie s'était élevé le goût pour ce genre de littérature. Nous aussi, nous nous appuierons sur ces paroles et nous servirons de l'auteur comme de l'histoire de sa vie pour démontrer la véritable motivation du livre et atteindre au secret plus profond de son humour.

Comment est né chez Cervantes l'idée de prendre vivant et vrai dans son pays et dans son temps plutôt qu'au loin, en France, au temps de Charlemagne, le héros à célébrer selon l'intention exprimée dans le prologue ? Quand et où lui vint cette idée, et pourquoi ?

La faveur extraordinaire dont jouit la littérature épique et chevaleresque de l'époque a une raison : la lutte de la Chrétienté contre l'Islam est le cauchemar du temps où vécut le poète. Et subissant lui aussi dès l'enfance la fascination de l'esprit chevaleresque, pauvre mais fier rejeton d'une famille noble vouée depuis des siècles au service de la monarchie et au métier des armes, Cervantes a été toute sa vie un vaillant défenseur de la foi. Il n'avait donc nul besoin d'aller le chercher bien loin, dans la légende, ce héros, ce chevalier de la foi et de la justice : il le portait en lui. Et ce héros combat à Lépante, tient tête cinq ans durant, esclave en Alger, au féroce roi berbère Hassan ; ce héros prend part pour son roi à trois campagnes contre les Français et les Anglais. Comment se fait-il que tout à coup de telles campagnes se soient changées en autant de moulins à vent et que le casque que Cervantes porte sur la tête soit devenu un vil plat à barbe ?

Parmi les considérations de Sainte-Beuve, il en est une qui a connu une grande fortune : à savoir que dans les chefs-d'œuvre du génie humain se trouve une future *plus-value* appelée à se développer toute seule, indépendamment des écrivains eux-mêmes, comme la fleur et le fruit sortent du germe sans que le jardinier ait rien fait d'autre que sarcler soigneusement, ratisser, arroser le terrain et que donner à cette terre tous les soins, procurer tous les éléments qui pouvaient le mieux la fertiliser. De cette considération auraient pu tirer argument tous ceux qui, au Moyen Age, découvraient je ne sais quelles allégories, chez les poètes grecs et latins. C'était là encore une manière de résoudre en rapports logiques les créations de l'imagination. Certes, lorsqu'un poète réussit vraiment à donner vie à l'une de ses créatures, celle-ci vit indépendamment de son auteur, au point qu'il nous est possible de l'imaginer dans des situations où l'auteur n'a pas songé à la placer et de la voir agir selon les lois intimes de son existence, que l'auteur lui-même ne saurait transgresser. Certes, cette créature en laquelle le poète a réussi à rassembler instinctivement, à totaliser et à faire vivre tant de détails caractéristiques et tant d'éléments dispersés peut ensuite devenir ce qu'on a coutume d'appeler un *type,* chose qui n'entrait nullement dans les intentions de l'auteur au moment de la création.

Mais peut-on vraiment dire cela du *Don Quichotte* de Cervantes ? Peut-on soutenir sérieusement qu'au moment où le poète composait son ouvrage, il n'avait d'autre intention que d'utiliser l'arme du ridicule pour priver les livres de chevalerie de tout prestige et de toute autorité dans le monde et auprès du vulgaire afin de détruire leur néfaste influence ? Peut-on dire que le poète ne songea jamais à faire entrer dans son chef-d'œuvre tout ce que nous y voyons ?

Qui est Don Quichotte et pourquoi le tient-on pour fou ?

Il n'a au fond — et chacun le reconnaît — qu'une seule et sainte aspiration : la justice. Il veut protéger les faibles et abattre les puissants, porter remède aux outrages du sort, venger les actes de violence auxquels se livrent les méchants. Ah ! que la vie serait plus belle et plus noble, le monde plus juste si ce que l'ingénieux gentilhomme se propose d'accomplir était suivi de quelque effet ! Don Quichotte est doux, plein de sentiments délicats, prodigue et oublieux de lui-même, totalement dévoué à autrui. Et comme il parle bien ! Quelle franchise et quelle générosité dans tous les discours qu'il prononce ! Il considère le sacrifice comme un devoir et, tout au moins en intention, chacun de ses actes mérite louange et gratitude.

Où se niche alors la satire ? Nous aimons tous ce vertueux chevalier et si ses malheurs nous font rire, ils nous émeuvent aussi profondément.

Si Cervantes avait voulu détruire les livres de chevalerie pour leur néfaste influence sur l'esprit de ses contemporains, l'exemple de Don Quichotte ne serait guère convaincant. L'influence que les livres ont sur Don Quichotte n'est désastreuse que pour lui, que pour le pauvre Hidalgo. Et si elle est si désastreuse, cela tient uniquement au fait que l'idéal chevaleresque ne pouvait plus s'accorder avec la réalité des temps nouveaux.

Or, c'est justement cela qu'avait appris à ses dépens don Miguel Cervantes de Saavedra. Quelle récompense a-t-il reçue pour son héroïsme, pour la perte de sa main et les deux arquebusades essuyées à Lépante, pour ses cinq années de captivité en Alger, l'étalage de sa valeur à l'assaut de Terceira, pour la noblesse de son âme, la grandeur de son génie, sa patiente modestie ? Quel sort était réservé aux rêves généreux qui l'avaient poussé à combattre sur tant de champs de bataille et à écrire tant de pages immortelles ? Quel sort à ses lumineuses illusions ? Tout comme son Don Quichotte, ne s'était-il pas armé chevalier, n'avait-il pas combattu, affronté des ennemis et des risques de toute sorte pour des causes justes et saintes, ne s'était-il pas nourri toujours aux sources de l'idéal le plus élevé et le plus noble, et pour en obtenir quoi ? Après s'être misérablement usé en entreprises indignes de lui — tout d'abord excommunié, alors qu'il était commissaire aux vivres en Andalousie ; puis escroqué, lorsqu'il était percepteur d'impôts — ne voilà-t-il pas qu'il s'en va finir en prison ? Et où se trouve cette prison ? Mais justement là, dans la Manche ! C'est dans une prison de la Manche obscure et délabrée que naît le Don Quichotte.

Mais le véritable Don Quichotte était déjà né depuis longtemps : à Alcala de Henares, en l'an 1547. Il ne s'était pas encore reconnu ni encore très bien vu, croyant combattre contre des géants et porter sur la tête l'armet de Mambrin. Mais là, dans cette obscure prison de la Manche, enfin il se reconnaît, il se *voit* finalement, s'apercevant que les géants étaient des moulins à vent et l'armet de Mambrin un vil plat à barbe. Il se voit et rit de lui-même. Toutes ses souffrances éclatent de rire. Folies, folies, folies ! Hop, au bûcher tous les romans de chevalerie !

C'est bien autre chose qu'une future *plus-value*. Qu'on lise dans le prologue de la première partie ce que Cervantes dit au lecteur oisif : « Je n'ai pu contrevenir à l'ordre de nature, selon lequel *chaque chose engendre sa pareille*. Et par ainsi que pouvait produire mon esprit stérile et mal cultivé, sinon l'histoire d'un enfant sec, endurci, fantasque, rempli de diverses pensées, jamais imaginées de personne, comme celui qui s'est engendré en une prison, là où toute incommodité a son siège et tout triste bruit sa demeure [1] ? »

Comment s'expliquer d'autre manière la profonde amertume qui est comme l'ombre inséparable du pauvre gentilhomme de la Manche à chacun de ses pas, chacun de ses actes ridicules, en chacune de ses folles entreprises ? C'est le sentiment de la souffrance qui

1. Traduction française C. Oudin et F. Rosset. Éd. La Pléiade.

fait naître l'image chez le poète, lorsque, douleur matérialisée, elle se veut ridicule. Et si elle se veut ainsi, c'est que, fruit d'une très amère expérience, la réflexion a suggéré à l'auteur le sentiment du contraire par lequel il reconnaît avoir eu tort et entend se punir en adoptant l'attitude de dérision que les autres auront à son égard.

Pourquoi Cervantes n'a-t-il pas chanté le Cid Campeador ? Mais qui sait si, dans sa prison obscure et délabrée, l'image de ce héros ne s'est pas vraiment présentée à lui pour éveiller en son esprit l'angoisse de l'envie ?

Entre Don Quichotte qui a voulu vivre dans son temps comme les chevaliers errants auront vécu non dans le leur, mais hors du temps et hors du monde, dans la légende ou dans le rêve entretenu par les poètes, entre ce malheureux donc et le Cid Campeador qui, le temps aidant, aura pu faire facilement une légende de son histoire, ne se serait-il pas engagé, dans cette prison, en présence du poète, un long dialogue ?

Aux yeux des autres, le roman chevaleresque s'était créé ses propres personnages fictifs, ou mieux encore, ce roman est sorti de la légende qui s'était formée peu à peu autour des chevaliers. Or, que fait la légende ? Elle grossit, transforme, idéalise, fabrique de l'abstrait à partir de la réalité commune, de la matérialité de la vie, de toutes les vicissitudes banales qui engendrent dans l'existence les plus grosses difficultés. Pour qu'un personnage non plus fictif, mais un homme qui prend pour modèle les images idéales démesurées qu'invente l'imagination collective ou la fantaisie d'un poète, arrive à emplir de sa substance ces grandioses masques légendaires, il ne suffit pas de posséder une grandeur d'âme extraordinaire, il faut encore que le temps vous aide. C'est ce qui est advenu au Cid Campeador.

Mais Don Quichotte ? Un courage à toute épreuve, une âme très noble, la flamme de la foi ; mais ce courage ne lui rapporte que de vulgaires volées de coups de bâton, cette noblesse d'âme est une folie, cette flamme de la foi un misérable feu d'étoupe qu'il s'obstine à tenir allumé, pauvre montgolfière mal fagotée et rapetassée qui ne parvient pas à prendre le vent, qui rêve de se lancer à l'assaut des nuages dans lesquels elle voit des géants et des monstres, et elle vole à ras de terre, s'accrochant à toutes les broussailles, les bois morts et les ronces qui vous la mettent en charpie, misérablement.

5.

ESSENCE, CARACTÈRES ET MATIÈRE DE L'HUMORISME

... Voyons donc, sans plus tarder, quel est le processus d'où résulte cette représentation particulière qu'on a coutume de qualifier d'humoristique. Demandons-nous si elle possède des caractères spécifiques et de quoi ceux-ci dérivent ; s'il existe une façon particulière de considérer le monde qui constituerait la matière et la raison de l'humorisme.

D'ordinaire, et je l'ai déjà dit, mais il me faut le répéter, l'œuvre d'art naît du libre mouvement de la vie intérieure qui organise les idées et les images en une forme harmonieuse dont tous les éléments sont en correspondance aussi bien mutuellement qu'avec l'idée mère qui les coordonne. Au cours de la conception comme pendant l'exécution de l'œuvre d'art, la réflexion ne reste pas inactive : elle assiste à la naissance et à la croissance de l'œuvre, en suit non sans plaisir les phases progressives, rapproche les divers éléments, les coordonne et les compare. La conscience n'éclaire pas l'esprit tout entier, car chez l'artiste tout spécialement, elle n'émet pas une lumière distincte de la pensée qui donnerait à la volonté le pouvoir d'y puiser comme en un trésor d'images et d'idées. La conscience, somme toute, n'est pas une puissance créatrice, mais le miroir intérieur dans lequel la pensée se regarde. On pourrait même dire qu'elle est la pensée qui se voit elle-même, assistant à ses propres actions spontanées. Et d'ordinaire, chez l'artiste, au moment de la conception, la réflexion se cache, demeure en quelque sorte invisible : elle est presque pour l'artiste une forme du sentiment. A mesure que l'œuvre se fait, elle la critique, non pas froidement comme un juge sans passion, en l'analysant, mais de but en blanc, selon l'impression qu'elle en reçoit.

Ceci, comme j'ai dit, d'ordinaire. Voyons maintenant si, en raison de la disposition d'esprit naturelle des écrivains dits humoristes et de la manière particulière qu'ils ont d'appréhender et de considérer les hommes et la vie, ce même processus se retrouve dans la conception de leurs œuvres : si donc la réflexion y joue le rôle que nous venons de décrire ou si elle n'exerce pas plutôt une activité à part.

Or, justement, nous allons voir que dans la conception de toute œuvre humoristique, la réflexion ne se cache pas, ne demeure pas invisible, ne reste donc pas comme une forme du sentiment, comme un miroir dans lequel le sentiment se regarderait. Au contraire, elle se pose devant lui en juge, elle l'analyse, en faisant taire toute passion, elle en décompose l'image. Et de cette analyse cependant, de cette décomposition, un autre sentiment jaillit ou s'exhale : ce qui pourrait s'appeler et que moi j'appelle en effet *le sentiment du contraire*.

Je vois une vieille dame aux cheveux teints, tout huileux on ne sait de quelle horrible pommade, ridiculement fardée et attifée d'oripeaux de jeune fille. Je me mets à rire. Je constate que cette vieille dame est le *contraire* de ce qu'une femme âgée respectable devrait être. Je puis ainsi, à première vue et superficiellement, m'en tenir à cette impression comique. Le comique précisément est une *constatation du contraire*. Mais si la réflexion vient alors qui me suggère que cette vieille dame n'éprouve peut-être aucun plaisir à se parer de cette manière, comme un perroquet, mais qu'elle en souffre peut-être et ne le fait que parce qu'elle vit dans la pitoyable illusion qu'ainsi parée, cachant ses rides et ses cheveux blancs, elle réussira à se conserver l'amour d'un mari beaucoup plus jeune qu'elle, voilà que je ne puis plus en rire comme auparavant parce que la réflexion justement, se manifestant en moi, m'a fait aller au-delà de ma première constatation ou plutôt plus au fond : de cette première *constatation du contraire*, elle m'a fait passer *au sentiment du contraire*. Là réside la différence entre *comique* et *humoristique*.

« Monsieur, Monsieur, ah ! Monsieur, peut-être que, comme tous les autres, vous tenez cela pour *ridicule* ; peut-être que je vous ennuie en vous racontant tous ces stupides et misérables détails de ma vie domestique. Mais pour moi, ce n'est pas *ridicule*, parce que tout cela je le *sens*... »

Ces paroles, Marmeladov les jette au visage de Raskolnikof, dans l'auberge de *Crime et châtiment*, au milieu des rires des ivrognes. Et ce cri est précisément la protestation douloureuse et exagérée d'un personnage humoristique contre qui, en face de qui l'on s'en tient à une première constatation superficielle sans réussir à y voir autre chose que le comique.

Et voici un troisième exemple que son aveuglante clarté rend on ne peut plus typique. Le poète Giusti entre un jour dans l'église Sant'Ambrogio de Milan et la trouve pleine de soldats

De ces soldats du Nord
Enfants de la Bohême ou Croates
Mis ici dans notre vigne pour servir d'échalas...

Son premier sentiment est de haine : c'est pour lui rappeler l'état d'esclavage de la patrie que se trouve là cette soldatesque hirsute et dure. Mais voici que sous les voûtes s'élève la musique d'un orgue, puis lent, très lent, un cantique allemand

D'un ton grave, plaintif, solennel

qui est une prière et semble une lamentation. Et ces sons alors, brusquement, déterminent une disposition insolite chez le poète habitué à manier le fouet de la satire politique et patriotique : la disposition d'esprit proprement humoristique. C'est-à-dire que ces sons le disposent à cette réflexion particulière qui, désormais sans passion, détachée du premier sentiment — la haine provoquée par la vue des soldats — engendre précisément le sentiment du contraire. Ce que le poète vient d'entendre dans cet hymne, c'est

... la douceur amère
Des chants qu'on entendit enfant : le cœur
Qui les apprit de la voix des serviteurs

Nous les répète aux jours de douleur.
Une triste pensée pour une mère chérie,
Un désir de paix et d'amour,
L'angoisse d'un lointain exil...

Et l'idée lui vient que ces soldats qu'un roi couard aura arrachés à leur toit

A dure vie, dure discipline,
Muets, moqués, solitaires, ils sont astreints,
Instruments aveugles d'une fourbe rapine
Dont ils ne tirent rien et peut-être ne savent rien.

Et voici le sentiment contraire du premier mouvement de haine :

Pauvres gens ! Loin des leurs,
En ce pays qui leur veut du mal...

Le poète est contraint de fuir car

Si je ne fuis pas, j'embrasserai ce caporal
Avec son beau bâton de noisetier
Dur et planté là comme un pieu.

En notant cela, c'est-à-dire en constatant l'existence du sentiment du contraire qui naît d'une activité particulière de la réflexion, je ne sors en aucune façon du champ de la critique esthétique et psychologique. L'analyse psychologique de ce poème est le fondement nécessaire du jugement esthétique qu'on portera sur lui. Je ne puis en saisir la beauté qu'à condition de saisir aussi le processus psychologique d'où résulte la reproduction parfaite de l'état d'âme que le poète souhaitait susciter, reproduction en laquelle consiste justement la beauté esthétique.

Venons-en maintenant à un exemple plus complexe où cette activité particulière de la réflexion ne se laisse pas deviner du premier coup : le *Don Quichotte* de Cervantes dont nous avons déjà parlé. Nous nous proposons de mesurer sa valeur esthétique. Qu'allons-nous faire ? Après une première lecture et l'impression que nous en avons retirée, nous tiendrons compte ici encore de l'état d'âme que l'auteur a souhaité susciter. Quel état d'âme ? Nous aimerions bien rire de tout ce qu'il y a de comique dans la représentation de ce pauvre aliéné qui sur lui-même et sur les autres, sur toute chose, applique le masque de sa folie. Nous aimerions bien rire, mais ce n'est pas un rire franc et facile qui nous monte aux lèvres. Nous sentons que quelque chose le trouble et s'y oppose : un sentiment de commisération, de tristesse et également d'admiration, car si les aventures héroïques de ce pauvre Hidalgo sont totalement ridicules, il ne fait cependant aucun doute que, sous ce ridicule, il est vraiment héroïque. Nous sommes en face d'une représentation comique mais d'où se dégage un sentiment qui nous empêche de rire ou trouble le rire que provoque le comique de la chose : il nous le rend amer. A travers le comique lui-même, c'est le sentiment du contraire qu'ici encore nous rencontrons. L'auteur nous l'a imposé parce qu'il s'était imposé à lui. Pourquoi alors ne découvre-t-on pas une fois de plus dans cet exemple notre activité particulière de la réflexion ? Parce que cette activité qui est le fruit de sa si triste expérience de la vie — expérience qui a déterminé les dispositions humoristiques du poète —

s'est déjà exercée sur son sentiment à lui, sur ce sentiment précis qui l'aura armé chevalier de la foi à Lépante. Se détachant de ce sentiment et désormais sans passion, s'érigeant en juge contre lui, dans l'obscure prison de la Manche, l'analysant avec un amer sang-froid, la réflexion a déjà imposé au poète ce sentiment du contraire dont le *Don Quichotte* est justement le fruit : c'est le sentiment du contraire objectivé. Le poète n'a pas représenté la cause du processus — comme Giusti dans son poème — mais uniquement son effet, ce qui n'empêche pas que le sentiment du contraire se dégage du comique de la représentation. Ce comique est le fruit du sentiment du contraire engendré par notre fameuse activité particulière de la réflexion s'exerçant sur un premier sentiment tenu secret.

Mais qu'ai-je besoin, pour ma part, d'assigner une quelconque valeur éthique à ce sentiment du contraire, comme le fait Theodor Lipps dans son livre *Le Comique et l'humour* ?

C'est-à-dire, entendons-nous bien, que ce sentiment du contraire, Lipps n'en a vraiment jamais l'idée. Il ne voit d'une part qu'une sorte de mécanisme tant pour le comique que pour l'humour : celui-là même que Croce cite dans son *Esthétique* comme un exemple d'explication convenable pour de tels « concepts » : « L'organisme étant placé dans la situation *a* et se produisant alors la circonstance *b*, on aura le fait *c*. » D'autre part, il ne cesse de s'embarrasser de valeurs éthiques, pour la raison que toute jouissance artistique et esthétique en général est à ses yeux la jouissance de quelque chose qui possède une valeur éthique : non comme élément d'un ensemble, mais comme objet même de l'intuition esthétique. Et il ne cesse de mettre en jeu la valeur éthique de la personne humaine et de parler à ce propos d'un certain positif humain et de sa négation. Il dit : « Nous avons vu que l'essence la plus générale du tragique réside dans la négation de l'humanité positive, ce qui la rapproche de nous et nous rend plus sensible à sa valeur. C'est là aussi que réside l'essence la plus générale de l'humour, sauf que dans ce dernier cas la négation est d'une autre nature, qu'elle est une négation comique. J'ai dit que le comique naïf se situe à mi-chemin entre le comique et l'humour. Ceci ne signifie pas que le comique naïf s'identifie à l'humour. Le comique naïf prend naissance lorsque ce qui est légitime, bon, sage du point de vue de la personnalité nous apparaît, de notre point de vue, dans la lumière opposée. L'humour, au contraire, naît lorsque ce que nous venons de nommer — ce qui est légitime, bon, sage, relativement à la personnalité — resurgit du processus d'anéantissement comique et se fait apprécier dans sa valeur brusquement reconnue. » Et un peu plus loin : « Le noyau de l'humour est partout et toujours ce qui est relativement bon, beau, raisonnable, et qui se rencontre même là où ces qualités n'existent pas selon nos notions habituelles. Où ces qualités sont niées de propos délibéré. » Il dit encore « : Dans le comique, ce n'est pas seulement l'objet comique qui s'anéantit, mais aussi, d'une certaine manière, nous et notre attente, nous et notre croyance en quelque supériorité ou grandeur, nous et les règles ou les habitudes de notre pensée, etc. L'humour s'élève au-dessus de ce processus d'anéantissement. Cet humour, l'humour dont nous faisons preuve en face du comique, consiste en définitive, comme celui dont fait preuve l'agent de l'événement humoristique, dans la liberté de l'esprit, dans l'assurance de notre propre moi, dans la certitude qu'il existe quelque chose de raisonnable, de bon et d'élevé dans le monde, et que ce quelque chose subsiste en dépit de notre nullité objective ou se révèle par-là même. » Mais il est ensuite contraint de reconnaître lui-même que « n'importe quel humour n'atteint pas à ce niveau suprême » et qu'il y a « à côté de l'humour réconcilié un humour divisé [1]. »

Mais qu'ai-je besoin, je le répète, de donner une quelconque valeur éthique à ce que j'ai appelé le sentiment du contraire, ou de le déterminer *a priori* d'une quelconque manière ?

A chaque fois, il se déterminera tout seul selon la personnalité du poète ou l'objet de la représentation. Que m'importe à moi, critique esthétique, de savoir en qui ou en quoi réside la raison relative et le juste et le bien ? Je ne veux ni ne dois sortir du champ de l'imagination pure. Placé en face d'une quelconque représentation artistique, je me propose uniquement d'en juger la valeur esthétique. Et pour rendre ce jugement, je n'ai avant tout besoin que de connaître l'état d'âme que cette représentation artistique veut susciter : je l'apprendrai de l'impression que j'en aurai reçue. Cet état d'âme, chaque fois que je me trouve en face d'une représentation vraiment humoristique, est la perplexité : je me sens comme tiraillé entre deux pôles ; j'aimerais bien rire et je ris, mais mon rire est troublé, empêché par quelque chose qui se dégage de la représentation elle-même. J'en cherche la raison. Pour la trouver, je n'éprouve aucunement le besoin de réduire ce produit de l'imagination à un rapport éthique, de mettre en

1. Toutes ces citations sont traduites de l'allemand.

jeu la valeur éthique de la personnalité humaine, et ainsi de suite.

Ce sentiment du contraire, je le trouve, quel qu'il soit, se dégageant de mille manières de la représentation elle-même, de toutes celles sans exception que j'appelle humoristiques. Pourquoi en limiter la cause sur le plan éthique ou au niveau de l'abstraction en l'attribuant, par exemple, au désaccord que le sentiment et la méditation découvrent entre la vie réelle et l'idéal humain, entre nos aspirations et nos misérables faiblesses ? Il naîtra de cela aussi comme de milliers d'autres causes qu'on ne saurait déterminer *a priori*. La seule chose qui nous importe, c'est de tenir pour certaine la naissance de ce sentiment du contraire et pour sûr et certain aussi qu'il naît de l'activité particulière qu'assume la réflexion dans la conception de telles œuvres d'art.

Tenons-nous-en là pour l'instant et voyons si, en suivant cette activité particulière de la réflexion, elle ne nous expliquerait pas une à une les différentes caractéristiques qui peuvent se rencontrer dans toute œuvre humoristique.

Nous avons dit que d'ordinaire, dans la conception d'une œuvre d'art, la réflexion est presque une forme du sentiment, comme un miroir dans lequel se regarde le sentiment. En développant cette image, on pourrait dire que, dans la conception humoristique, la réflexion est certes aussi comme un miroir, mais d'eau glacée où la flamme du sentiment ne fait pas que se refléter, mais plonge dedans et s'y éteint : le sifflement de l'eau est le rire que provoque l'humorisme et la vapeur qui s'en échappe, la fantaisie souvent fumeuse de l'œuvre humoristique.

— *Mais finalement, il y a une justice dans ce monde !* s'écrie Renzo, le fiancé de Manzoni, plein de passion et de révolte.

— *Tant il est vrai,* commente Manzoni, *qu'accablé par la douleur, l'homme ne sait plus ce qu'il dit.*

C'est bien la flamme du sentiment qui plonge et s'éteint ici dans l'eau glacée de la réflexion.

En assumant cette activité particulière, la réflexion en arrive à troubler, à interrompre le mouvement spontané qui organise idées et images en une forme harmonieuse. Combien de fois n'a-t-on pas remarqué le défaut de composition des œuvres humoristiques, toujours coupées, entrelardées de perpétuelles digressions ? C'est une chose qu'on a notée jusque dans l'ensemble si harmonisé des *Fiancés,* à propos de la tyrannique minutie qu'on y rencontre ici et là et des fréquentes interruptions à la représentation des faits que permettent les allusions au fameux Anonyme ou l'intervention subtile de l'auteur en personne. Ces procédés en lesquels nos critiques ont discerné soit un excès de zèle, soit un défaut, ne sont de toute évidence que le caractère distinctif de toute œuvre humoristique. Le *Tristram Shandy* de Sterne suffit à le prouver, qui n'est que variations et digressions, à juste titre d'ailleurs, puisque le biographe se propose de tout raconter *ab ovo,* point par point, en commençant par le giron de la mère et la pendule que M. Shandy père avait l'habitude de remonter si ponctuellement.

Mais si cette caractéristique a été relevée, on en a mal vu les causes. Ce défaut de composition, ces digressions, ces variations ne proviennent pas de l'arbitraire bizarre ou du caprice des écrivains, mais sont la conséquence nécessaire et inévitable du trouble et des interruptions que subit le mouvement organisateur des images par le fait de la réflexion active qui, ici, suscite l'association par contraires : plutôt qu'associées par similitude ou par contiguïté, les images se présentent contrastées. Chaque image, chaque groupe d'images fait naître et appelle son contraire, ce qui a pour conséquence de diviser l'esprit, lequel, en proie à l'inquiétude, s'obstine à trouver ou à fixer entre tout cela les relations les plus impensables.

Tout humoriste véritable n'est pas uniquement un poète : c'est aussi un critique, mais un critique, qu'on y prenne garde, *sui generis*, un critique d'imagination. Et je dis d'*imagination* non seulement dans le sens de bizarre et de capricieux, mais aussi au sens esthétique du mot, bien qu'au premier abord cela puisse paraître une contradiction dans les termes. Mais on ne peut rien y changer, et du reste, j'ai toujours parlé d'une activité *particulière* de la réflexion.

Tout deviendra clair lorsqu'on pensera que si une mélancolie innée et héréditaire, de tristes vicissitudes, une amère expérience de la vie, ou encore un pessimisme ou un scepticisme acquis par l'étude et la méditation sur les heurs et malheurs de l'existence humaine, sur le destin des hommes, etc., peuvent déterminer indubitablement cette disposition d'âme singulière qu'on appelle humoristique, celle-ci d'elle-même, à elle toute seule, ne suffit pas pour créer une œuvre d'art. Elle n'est rien d'autre que le terrain préparé et l'œuvre d'art, le germe qui tombera dans ce terrain et percera, se développera en se nourrissant de ses humeurs, tirant de lui son conditionnement et ses qualités. Mais la naissance et le développement de cette plante doivent demeurer spontanés. Le germe ne tombe pas exprès dans le terrain préparé à le recevoir, où il a le plus de chance de germer. La création de l'art est spontanée : ce n'est pas une composition extérieure par addition d'éléments dont les rapports auraient été étudiés. De membres épars, on ne saurait faire un corps vivant, à coups de greffes, de combinaisons. Bref, une œuvre d'art n'existe qu'en tant qu'elle est « naïve ». Elle ne peut être le résultat de la réflexion consciente.

Donc la réflexion dont je parle ne consiste pas en une opposition du conscient à l'égard du spontané : c'est une sorte de projection de l'activité imaginative elle-même. Elle naît du phantasme comme l'ombre du corps, elle a tous les caractères de la « naïveté » ou de la génération spontanée. Elle est dans le germe même de la création et dégage de celle-ci ce que j'ai appelé le sentiment du contraire.

C'est bien pourquoi j'ai ajouté qu'on pourrait tenir l'humorisme pour un phénomène de dédoublement dans l'acte de la conception. La conception de l'œuvre d'art n'est au fond rien d'autre qu'une forme de l'organisation des images. L'idée de l'artiste n'est pas une idée abstraite : c'est un sentiment qui, au centre de la vie intérieure, s'empare de l'esprit, l'agite et, en l'agitant, tend à se créer un corps d'images. Lorsqu'un sentiment secoue violemment l'esprit, s'éveillent alors d'ordinaire toutes les idées, toutes les images qui sont en accord avec lui ; ici au contraire, par la présence de la réflexion dans le germe du sentiment, comme un pernicieux parasite, c'est l'inverse qui se produit : idées et images s'éveillent en état d'opposition. Cet état est la condition, la qualité qu'acquiert le germe en tombant dans le terrain que nous avons décrit plus haut : la plante parasite de la réflexion s'insère en lui ; et la plante perce et se revêt d'une verdure qui lui est étrangère tout en lui étant congénitale.

.. ..

Pour nous expliquer la raison du contraste entre la réflexion et le sentiment, il nous faut pénétrer dans le terrain où tombe le germe, je veux dire dans l'esprit de l'écrivain humoristique. Car si la disposition à l'humorisme n'est pas suffisante à elle seule, puisqu'il doit s'y ajouter le germe de la création, ce germe ensuite se nourrit de l'humour qu'il y trouve. Lipps distingue trois manières d'être de l'humour, à savoir :

a) L'humour comme disposition ou manière de considérer les choses.

b) L'humour comme représentation.

c) L'humour objectif.

D'où il conclut qu'en vérité l'humour n'existe que chez celui qui en possède : subjectivisme et objectivisme ne sont que deux attitudes différentes de l'esprit dans l'acte de la représentation. La représentation de l'humour, qui existe à demeure chez celui qui en possède, peut revêtir deux manières d'être : subjective ou objective.

Si Lipps distingue les trois manières d'être ci-dessus, c'est qu'il limite et détermine la cause de l'humorisme d'un point de vue éthique, l'humorisme étant pour lui, ainsi que nous l'avons vu, dépassement du comique à travers le comique lui-même. Nous savons ce qu'il entend par le mot dépassement. Selon lui, j'ai de l'humour quand « je suis moi-même l'esprit supérieur, l'esprit qui s'affirme, l'agent de la raison ou de la moralité. C'est comme esprit supérieur, dans la lumière de cette supériorité, que je considère le monde. Je découvre du comique en lui et je m'engage réflexivement dans ce comique. Mais en fin de compte je me récupère moi-même, ou j'accède à la supériorité et j'en suis élevé, fortifié, exalté [1]. »

En ce qui nous concerne, cette façon de considérer la chose nous est absolument étrangère et de plus nous paraît également unilatérale. Dépouillons cette formule de sa valeur éthique et dès lors l'humorisme ne sera plus considéré que dans son effet, non dans sa cause.

Pour nous, le comique aussi bien que son contraire résident dans la disposition d'âme et sont engagés dans le processus qui en découle. Ce n'est que par le comique amer que peut se définir, dans son anormalité, la condition de l'homme qui ne se trouve presque jamais dans le ton et qui joue simultanément du violon et de la contrebasse ; qui ne peut avoir une pensée sans que lui en naisse aussitôt une autre, opposée et contraire ; qui, pour une raison qu'il aurait de dire *oui*, se découvre sur-le-champ envahi par deux ou trois autres raisons qui le contraindront à dire *non*, et qui, entre le oui et le non, le tiendront en suspens, perplexe pour toute la durée de sa vie : un homme donc qui ne peut s'abandonner à un sentiment quelconque sans y détecter sur-le-champ quelque chose qui lui fait la nique, le trouble, le déconcerte et l'irrite.

Ce contraste que nous avons vu résider dans la

1. Traduit de l'allemand.

disposition d'âme se perçoit aussi dans les choses et passe dans la représentation.

Il s'agit d'une particularité psychique à laquelle il est totalement arbitraire d'attribuer une cause déterminante. Elle peut être le fruit d'une expérience amère de la vie et des hommes, d'une expérience qui, si elle ne permet plus au sentiment naïf de déployer ses ailes et de s'élever dans l'air comme une alouette qui lance son trille dans le soleil sans être retenue par la queue au moment même de prendre son vol, nous incite aussi à penser que la tristesse des hommes provient souvent de la tristesse de la vie, des maux dont elle est pleine et que bien peu savent ou peuvent supporter. Elle nous incite à penser qu'aux yeux de la raison humaine la vie ne possédant pas fatalement de but clair et déterminé, il faut que chaque homme, à son niveau bas ou élevé, en possède un particulier, fictif et illusoire, s'il ne veut pas tâtonner dans le vide. Peu importe qu'il ne soit pas ni ne puisse être le vrai but que tout le monde cherche avec tant de peine et que personne ne trouve parce que peut-être il n'existe pas. Ce qui importe, c'est que l'on accorde de l'importance à une chose, fût-elle vaine : elle vaudra autant qu'une autre qu'on estimerait sérieuse, puisqu'au fond ni l'une ni l'autre ne donneront satisfaction : tant il est vrai que durera toujours notre soif extrême de savoir et que ne s'éteindra jamais notre faculté de désirer, et il n'est hélas ! pas dit que ce soit dans le progrès que réside le bonheur des hommes.

Toutes les fictions de l'âme, toutes les créations du sentiment, nous allons voir qu'elles sont la matière de l'humorisme, c'est-à-dire que nous allons voir la réflexion transformée en une sorte de petit démon qui démonte le mécanisme de chaque image, de chaque phantasme engendré par le sentiment : on démonte afin de voir comment c'est fait, on détend le ressort et tout l'ensemble du mécanisme, agité de mouvements convulsifs, émet alors des sons stridents. Il peut se faire que parfois cela se produise avec cette *sympathie* indulgente dont parlent ceux qui ne connaissent qu'un humorisme bon enfant. Mais il ne faut pas s'y fier, car si la disposition à l'humorisme présente parfois cette particularité, je veux dire cette indulgence, cette compassion ou cette pitié, il ne faut pas perdre de vue que ce sont les fruits d'une réflexion qui s'est exercée sur le sentiment contraire, que cela constitue un sentiment du contraire né d'une réflexion sur des cas, des sentiments, des hommes qui provoquent simultanément le dépit, l'irritation, la raillerie de l'humoriste, lequel est aussi sincère en se livrant à ce dépit, à cette irritation, à cette raillerie qu'en exprimant cette indulgence, cette compassion, cette pitié. S'il n'en était pas ainsi, nous n'aurions plus affaire à l'humorisme proprement dit, mais à l'ironie qui ne dérive que d'une contradiction verbale, d'une fausse apparence rhétorique totalement opposée à la nature de l'humorisme pur.

Tout sentiment, toute pensée, tout élan, au moment même où ils jaillissent, se dédoublent, chez l'humoriste, en leur contraire : tout *oui* se dédouble en un *non* qui finit par revêtir la même valeur que le *oui*. Certes, l'humoriste peut parfois feindre de s'en tenir à son premier mouvement : mais à l'intérieur de celui-ci, l'autre sentiment lui parle, qui de prime abord semblait ne pas avoir eu le courage de se révéler ; cette voix parle et commence à avancer tantôt une excuse timide, tantôt une circonstance atténuante qui refroidissent l'ardeur du premier sentiment, tantôt une réflexion pénétrante qui lui ôte tout sérieux et incite à éclater de rire.

C'est ainsi que, par exemple, nous devrions tous éprouver du mépris et de l'indignation à l'égard de Don Abbondio et tenir Don Quichotte pour le plus ridicule des hommes, fou à lier la plupart du temps. Et pourtant nous sommes enclins à la compassion, si ce n'est même à la sympathie pour le premier, à l'admiration mêlée d'une infinie tendresse pour les bouffonneries du second, ennoblies par un idéal si élevé et si pur.

Où réside le sentiment du poète ? Dans le mépris ou la compassion à l'égard de Don Abbondio ? Manzoni a une conception abstraite et très noble de la mission du prêtre sur la terre et il incarne cet idéal en Frédéric Borromée. Mais voici que la réflexion, fruit de la disposition à l'humorisme, suggère au poète que cet idéal abstrait ne peut s'incarner que très exceptionnellement et que les faiblesses humaines pullulent. Si Manzoni n'avait écouté que la voix de cet idéal abstrait, il aurait représenté Don Abbondio de telle façon que nous aurions tous été contraints de n'avoir pour lui que mépris et haine, mais au fond de son cœur, il écoute également la voix des faiblesses humaines. Par la disposition naturelle de son esprit et l'expérience de la vie qui l'a déterminée, Manzoni ne peut pas ne pas dédoubler au niveau du germe la conception qu'il a de cet idéal religieux et sacerdotal : entre les deux hautes flammes du Père Cristoforo et du cardinal Borromée, il voit s'allonger, terre à terre, circonspecte et penaude, l'ombre de Don Abbondio. Et à un moment donné, il prend plaisir à dresser face à face, en contraste, le sentiment actif, positif et la réflexion négative, le flambeau allumé du sentiment et l'eau glacée de la réflexion, la prédication ailée, abstraite de l'altruisme pour voir comment elle s'éteint au contact des raisons basses et concrètes de l'égoïsme.

Frédéric Borromée demande à Don Abbondio :

— Et lorsque vous vous êtes présenté à l'Eglise pour prendre sur vous ce ministère, s'est-elle portée garante de votre vie ? Vous a-t-elle dit que les devoirs inhérents au ministère étaient dégagés de tout obstacle, exempts de tout péril ? Ou bien vous a-t-elle dit que là où commence le péril, cesse le devoir ? Ne vous a-t-elle pas expressément dit le contraire ? Ne vous a-t-elle pas averti qu'elle vous envoyait comme un agneau parmi les loups ? Ne saviez-vous pas qu'il y avait des violents à qui ce qui vous serait commandé pourrait déplaire ? Celui de qui nous tenons la doctrine et l'exemple, à l'imitation de qui nous nous laissons nommer et nous nommons pasteurs, en venant sur cette terre pour y exercer cet office, y a-t-il mis comme condition d'avoir la vie sauve ? Et pour la sauver, pour la conserver quelques jours de plus sur la terre, dis-je, au dépens de la charité et du devoir, était-il besoin de l'onction sainte, de l'imposition des mains, de la grâce du sacerdoce ? Le monde suffit à donner cette vertu, à enseigner cette doctrine. Que dis-je ? O honte ! le monde lui-même la refuse : le monde fait aussi ses lois, qui prescrivent le mal comme elles prescrivent le bien ; il a aussi son évangile, un évangile d'orgueil et de haine ; il ne veut pas qu'il soit dit que l'amour de la vie soit une raison pour en transgresser les commandements. Il ne le veut pas ; et il obéit. Et nous ! nous fils et messagers de la promesse ! Que serait l'Eglise si votre langage était celui de tous vos confrères ? Où serait-elle si elle était apparue dans le monde avec de semblables doctrines[1] ? »

Don Abbondio écoute ce long et pressant sermon la tête basse. Manzoni dit que son esprit « se trouvait parmi ces arguments comme un poussin dans les serres du faucon qui le tiennent soulevé dans une région inconnue, dans un air qu'il n'a jamais respiré ». La comparaison est belle, bien que l'idée de rapacité et d'impétuosité qu'évoque le faucon ait pu paraître à certains n'avoir guère de rapport avec le cardinal Frédéric. L'erreur, selon moi, réside moins dans ce choix plus ou moins bon de la comparaison que dans l'emploi même de la comparaison par amour de laquelle Manzoni, en voulant refaire la fable d'Hésiode, s'est peut-être laissé aller à dire des choses qu'il ne devait pas. Don Abbondio se trouvait-il vraiment soulevé dans une région inconnue parmi les arguments du cardinal Borromée ? La comparaison de l'agneau parmi les loups se lit dans l'Evangile de saint Luc où le Christ précisément dit aux apôtres : « Voici, je vous envoie comme des agneaux parmi les loups. » Qui sait donc combien de fois Don Abbondio l'aura lue ; tout comme, dans d'autres livres, ces austères admonestations, ces considérations élevées. Allons plus loin : Don Abbondio peut-être lui-même, dans l'abstrait, en parlant, en prêchant sur la mission du prêtre, aura dit à peu près les mêmes choses. De sorte que, dans l'abstrait, ils les comprend parfaitement.

— Monseigneur, j'ai eu tort, répond-il en effet. Mais il s'empresse d'ajouter : Du moment qu'on ne doit pas tenir compte de la vie, je ne sais que dire.

1. *Les Fiancés,* traduction de Silvana Magrini et Louis Guilloux, éd. Rencontre.

Et le cardinal d'insister :

— Et ne savez-vous pas que souffrir pour la justice est notre manière de vaincre ? Et si vous ne savez pas cela, que prêchez-vous ? Qu'enseignez-vous ? Quelle est la *bonne nouvelle* que vous enseignez aux pauvres ? Qui exige de vous que vous triomphiez de la force par la force ? Il ne vous sera certes pas demandé un jour si vous avez su ranger à leur devoir les puissants ; car pour cela, il ne vous a été donné ni mission, ni moyens. Mais il vous sera demandé si vous avez mis en œuvre les moyens qui étaient en votre possession pour faire ce qui vous était prescrit, lors même qu'ils auraient eu la témérité de vous la défendre.

« Même les saints sont curieux, pense entre-temps Don Abbondio. En substance, si on veut en tirer le suc, les amours de deux jeunes gens lui tiennent plus à cœur que la vie d'un pauvre prêtre. »

Et comme le cardinal est resté dans l'attitude de quelqu'un qui attend une réponse, il répond :

— Je le répète, Monseigneur, j'ai eu tort... Ne se donne pas qui veut du courage.

Ce qui signifie exactement : Oui Monsieur, si l'on raisonne dans l'abstrait, la raison est du côté de Votre Seigneurie et c'est moi qui ai tort. Votre Seigneurie parle bien, mais ces visages, c'est moi qui les ai vus et ces paroles, moi qui les ai entendues.

— Et pourquoi donc, lui demande enfin le cardinal, vous êtes-vous engagé dans un ministère qui vous impose d'être toujours en guerre avec les passions du siècle ?

Oh, ce pourquoi, nous le connaissons bien ! Manzoni lui-même nous l'a révélé dès le début. Il a tenu à nous le dire, bien qu'il eût pu s'en passer. Ni noble, ni riche et encore moins courageux, Don Abbondio s'est aperçu, presque avant d'avoir atteint l'âge de raison, qu'il était, dans cette société, comme un pot de terre contraint de voyager en compagnie d'une armée de pots de fer. C'est donc de fort bon gré qu'il a obéi à ses parents qui le destinaient à la prêtrise. A dire vrai, il n'avait guère pensé aux obligations et aux nobles fins du ministère auquel il se consacrait : se procurer de quoi vivre à son aise et appartenir à une classe privilégiée et forte lui avaient semblé justifier amplement un tel choix.

En lutte donc contre les passions du siècle ? Mais s'il s'est fait justement prêtre pour se garantir des chocs de ces passions et se mettre à l'abri de tous les conflits grâce à son *système personnel ?*

Les raisons du lapin, Messieurs, méritent tout de même attention. Il m'est arrivé d'imaginer qu'à la tanière du renard, de Messire Renard comme on l'appelle dans le monde des fables, toutes les bêtes accouraient une à une à la suite de la nouvelle qui s'était répandue dans le pays de certaines contre-fables que le renard s'était mis en tête de composer pour répondre à toutes celles que depuis un temps immémorial les hommes ne cessent d'inventer et par lesquelles les animaux auraient peut-être quelque motif de se sentir calomniés. Et parmi eux, à la tanière de Messire Renard, était venu Jeannot Lapin dans l'intention de protester contre les hommes qui le tiennent pour un poltron. Jeannot disait : En ce qui me concerne, Messire Renard, je déclarerai hautement que j'ai toujours mis en fuite rats, lézards, oiseaux et grillons et autres bestioles semblables qui, si vous leur demandiez quelle idée elles se font de moi, vous répondraient je ne sais trop quoi, mais surtout pas que je suis poltron. Ou se peut-il que les hommes nourrissent la prétention que je me dresse à leur vue sur les deux pattes de derrière et me précipite à leur rencontre pour me faire prendre et tuer ? Je crois vraiment, Messire Renard, qu'aux yeux des hommes, il n'existe aucune différence entre héroïsme et imbécillité !

Que Don Abbondio soit un lapin, je ne le nie pas. Mais nous savons que s'il menaçait, Don Rodrigo ne le faisait pas en vain, nous savons que, fût-ce au prix du *mépris de ses engagements*, il était capable de tout. Cette époque, nous la connaissons et rien ne nous empêche d'imaginer qu'en mariant Renzo et Lucia, Don Abbondio certainement l'aurait reçu, sans que personne ne s'interpose, son mortel coup d'escopette, et que peut-être Lucia, n'étant épouse que de nom, à la sortie même de l'église, aurait été enlevée et Renzo tué à son tour. A qui profitent l'intervention, la suggestion du Père Cristoforo ? N'est-ce pas par un enlèvement que Lucia est arrachée au monastère de Monza ? Il y a la *loi des gredins,* comme dit Renzo. Pour dénouer un pareil écheveau, il ne faut rien moins que la main de Dieu ; et ce n'est pas une façon de dire, la main de Dieu au sens propre. Que pouvait faire un pauvre prêtre ?

Oui Messieurs, Don Abbondio est un poltron et De Sanctis a écrit des pages merveilleuses sur le sentiment de la peur chez ce pauvre curé, mais en oubliant, que diable, de tenir compte de ceci : que le poltron est ridicule, qu'il est comique quand il se crée des risques et des périls imaginaires, mais que lorsque ce poltron a *de vraies raisons d'avoir peur*, que nous voyons pris et empêtré dans un terrible conflit un personnage qui par nature et par système entend les éviter tous, fussent les plus bénins, et qu'au nom d'un devoir sacro-saint, il devrait accepter de s'y trouver impliqué, ce poltron-là n'est plus seulement comique. Dans une telle situation, même un héros comme le Père Cristoforo ne fait pas le poids, qui s'en va pourtant affronter l'ennemi jusque dans son château. Don Abbondio n'a pas le courage de son devoir. Mais ce devoir, l'iniquité régnante le rend très difficile et le courage est rien moins que facile : il faudrait ici un héros. Or, en lieu et place de héros, nous avons Don Abbondio. Nous ne pouvons nous indigner à son sujet que dans l'abstrait, c'est-à-dire en considérant également dans l'abstrait le ministère du sacerdoce. Nous aurions certes admiré un prêtre héros qui, à la place de Don Abbondio, n'aurait tenu compte ni de la menace ni du danger et aurait accompli le devoir de son ministère. Mais nous ne pouvons pas ne pas le prendre en pitié, lui qui n'est pas le héros que la situation exigeait, qui non seulement ne possède pas le très grand courage nécessaire, mais n'en a ni peu ni prou. *Ne se donne pas qui veut du courage.*

L'observateur superficiel tiendra compte du rire qui naît du comique extérieur des actes, des gestes, des réticences, etc., de Don Abbondio et sans plus il le jugera ridicule, ne verra en lui, tout simplement, qu'un personnage comique. Mais quiconque ne se contente pas de ce coup d'œil superficiel et sait regarder plus au fond, sent ici que le rire a une tout autre origine et n'est pas seulement celui que déclenche le comique.

Don Abbondio est l'homme qui se trouve à la place de celui qu'on aurait souhaité. Mais le poète ne s'indigne pas contre cette réalité, car s'il se fait, comme nous avons dit, une très haute idée de la mission du prêtre sur la terre, il écoute aussi en lui la réflexion qui lui suggère que cet idéal ne s'incarne que très exceptionnellement, ce qui l'oblige, ainsi que l'observe De Sanctis, à limiter cet idéal. Mais cette limitation, qu'est-elle au juste ? Exactement l'effet de la réflexion qui, s'exerçant sur cet idéal, a suggéré au poète le sentiment du contraire. Don Abbondio est précisément ce sentiment du contraire, objectivé et vivant. Si bien qu'il n'est pas seulement comique, mais essentiellement et profondément humoristique.

Bonhomie, indulgence, sympathie ? N'allons pas trop vite. Laissons ces considérations qui sont au fond superficielles et hors de propos, qui risqueraient elles aussi, à vouloir les approfondir, de nous faire découvrir une fois de plus le contraire. En voulez-vous la preuve ? C'est exact, Manzoni éprouve de la compassion pour ce pauvre diable de Don Abbondio ; mais c'est une compassion qui, du même coup, nécessairement, provoque des horreurs. En fait, ce n'est qu'à condition de rire et de faire rire de son personnage que Manzoni peut avoir compassion et éveiller la compassion, s'apitoyer et susciter l'apitoiement. Mais par ce rire et cet apitoiement simultanés, le poète en arrive à rire amèrement de cette pauvre nature humaine accablée de tant de faiblesses, et plus vont se resserrant les appels à la pitié pour protéger le pauvre curé, plus s'élargit autour de lui le discrédit à l'égard de la valeur humaine. Somme toute, le poète nous invite à la compassion pour ce pauvre curé en nous obligeant à reconnaître que tout ce qu'il sent, tout ce qu'il éprouve est humain, propre à nous tous, pour peu que nous interrogions notre conscience. Et qu'en résulte-t-il ? Il en résulte que si, par sa propre vertu, cette particularité prend un sens général, si ce sentiment mêlé de rire et de larmes, plus il se condense et se précise en la personne de Don Abbondio, plus il s'élargit et en quelque sorte se dissout en une tristesse infinie, il en résulte, disions-nous, qu'à vouloir considérer sous cet angle cette figure de curé, nous ne pouvons plus en rire. Cette pitié est au fond sans pitié : l'indulgente sympathie n'est pas aussi bon enfant qu'il semblait au premier abord.

C'est une grande chose, comme on voit, que d'avoir un idéal — religieux chez Manzoni, chevaleresque chez Cervantes — pour se le voir réduit par la réflexion à la petitesse d'un Don Abbondio ou d'un Don Quichotte ! Manzoni s'en console en créant à côté du curé de village le Père Cristoforo et le cardinal Borromée. Mais il n'en reste pas moins vrai qu'étant surtout un humoriste, sa créature la plus vivante est celle-là seule en laquelle s'est incarné son sentiment du contraire. Quant à Cervantes, il ne possède aucun moyen de se consoler, puisque dans sa prison de la Manche, ainsi qu'il le dit lui-même, il engendre avec Don Quichotte *quelqu'un qui lui ressemble.*

Ne voir dans l'humorisme qu'un genre de contraste particulier entre l'idéal et la réalité, revient à s'en tenir, avons-nous dit, à un aspect superficiel du problème et à ne s'attacher qu'à une seule de ses faces. Il peut y avoir un idéal, répétons-le : cela dépend de la personnalité du poète. Mais s'il existe, c'est pour se voir décomposé, limité, représenté d'une certaine manière. Certes, comme tous les autres éléments qui constituent l'esprit d'un poète, il entre et se fait sentir dans l'œuvre humoristique, lui donne un caractère spécial, une saveur spéciale, mais il ne sera nullement une condition obligatoire. Bien au contraire ! Car le propre de l'humoriste, en raison de l'activité particulière que la réflexion exerce en lui pour engendrer le sentiment du contraire, c'est de ne plus savoir quel parti adopter, c'est la perplexité, l'état d'irrésolution de la conscience.

Et voilà justement ce qui distingue on ne peut plus nettement l'humoriste de l'auteur comique, ironique, satirique. Chez ces derniers, le sentiment du contraire ne naît jamais. S'il naissait, il rendrait amer, c'est-à-dire privé de tout comique, le rire que provoque chez le premier la perception d'une quelconque anomalie ; la contradiction qui n'est que verbale chez le second entre ce qu'on dit et ce qu'on désire faire entendre, deviendrait effective, matérielle et cesserait donc d'être ironique ; et disparaîtrait aussi l'indignation ou, si l'on veut, l'aversion à l'égard de la réalité qui est la raison d'être de la satire.

Non que pour autant la réalité fasse les délices de l'humoriste ! Les éprouverait-il, ces délices, qu'il suffirait que la réflexion s'exerçât dessus pour tout gâter.

Aiguë et subtile, cette réflexion s'insinue partout et s'acharne à tout décomposer : image du sentiment, fiction idéale, apparence de la réalité, illusion.

La pensée de l'homme, disait Guy de Maupassant, « tourne comme une mouche dans une bouteille [1] ». Tous les phénomènes ou bien sont des illusions, ou bien nous cachent leur raison d'être qui nous demeure inexplicable. Il manque à notre connaissance du monde et de nous-mêmes cette valeur objective que nous nous

1. En français dans le texte.

targuons communément de pouvoir lui attribuer. Perpétuelle construction illusoire.

Vous plairait-il d'assister à la lutte qui se déroule entre l'illusion, elle aussi se glissant partout et construisant à sa manière, et la réflexion qui décompose une à une ces constructions ?

Commençons par ce que l'illusion fait de chacun de nous, c'est-à-dire par la construction qu'à la faveur de l'illusion chacun se fait de soi-même. Est-ce que nous nous voyons vraiment dans notre réalité pure et simple, tels que nous sommes, et non pas plutôt tels que nous souhaiterions être ? Est-ce que par un artifice intérieur et spontané, fruit de secrètes tendances et d'inconscientes imitations, nous ne nous croyons pas de bonne foi différents de ce que nous sommes ? Et c'est selon cette interprétation de nous-mêmes aussi fictive que sincère que nous pensons et agissons, que nous vivons.

Or, l'illusion de cette construction, il est exact que la réflexion peut la révéler aussi bien à l'auteur comique et satirique qu'à l'humoriste. Mais le premier ne fera qu'en rire, se contentant de dégonfler cette métaphore de nous-mêmes qu'érige l'illusion spontanée ; le second s'indignera, à l'inverse de l'humoriste qui, à travers le ridicule de cette découverte, en percevra le côté sérieux et douloureux : il démontera cette construction, mais pas uniquement pour en rire, et au lieu de s'indigner, tout en riant, il compatira.

L'auteur comique et l'auteur satirique ont appris de la réflexion quelle immense longueur de fil l'araignée de l'expérience tire de la vie sociale pour tisser la mentalité de tel ou tel individu et comment il se fait que dans cette toile se trouve souvent enveloppé ce qu'on appelle le sens moral. Que sont au fond les rapports sociaux de nos prétendues convenances ? Des considérations de calcul dans lesquelles la moralité est presque toujours sacrifiée. L'humoriste va plus loin, s'esclaffant sans s'indigner de découvrir comment, sous l'effet d'une fiction spontanée, nous sommes incités à interpréter comme vrai signe de respect, comme vrai sentiment moral, en soi, ce qui en réalité n'est rien d'autre que respect ou sentiment de convenance, c'est-à-dire résultat du calcul. Et poussant encore plus avant, il ira jusqu'à découvrir le caractère conventionnel du besoin de se montrer pire que ce qu'on est réellement si le fait d'être associé à un quelconque groupe social nous impose de manifester un idéal ou des sentiments qui sont ceux de ce groupe-là mais apparaissent cependant à quiconque y sera accueilli comme contraires et inférieurs à son propre sentiment intime [1].

La conciliation des tendances discordantes, des sentiments incompatibles, des opinions contraires semble plus réalisable sur la base d'un mensonge commun que sur la dissension et le contraste tolérés d'une manière explicite et ouvertement déclarée. Il semble, somme toute, que le mensonge doive être tenu pour plus avantageux que la véracité dans la mesure où l'un peut unir ce que l'autre désunit. Ce qui n'empêche pas que, tandis que le mensonge est tacitement donné comme tel et reconnu, on ait recours, pour garantir l'efficacité de son pouvoir associateur, à la véracité elle-même, en donnant à l'hypocrisie l'apparence de la sincérité.

La retenue, la réserve, le laisser croire plus qu'on ne

1. Je m'appuie ici sur quelques-unes des subtiles considérations que contient le livre de Giovanni Marchesini *Les Simulations de l'âme* (Bardi, éd. Laterza, 1905).

dit ou qu'on ne fait, le silence lui-même assorti de la science des signes qui le justifient — ah, cet inoubliable comte Oncle du Conseil secret [1] — sont des arts d'usage fréquent dans la pratique de la vie ; tout comme la précaution d'éviter toute occasion de donner à voir ce que l'on pense, ou de laisser croire qu'on pense moins qu'on ne le fait effectivement, la prétention d'être cru différent de ce qu'on est au fond de soi.

Rousseau notait dans l'*Emile* : « Dès qu'on peut faire ce qu'on ne doit pas, on veut cacher ce qu'on n'a pas dû faire. Dès qu'un intérêt fait promettre, un intérêt plus grand peut faire violer la promesse : il ne s'agit plus que de la violer impunément. La ressource est naturelle ; on se cache et l'on ment [...] Il y a deux sortes de mensonges ; celui de fait qui regarde le passé, celui de droit qui regarde l'avenir. Le premier a lieu quand on nie d'avoir fait ce qu'on a fait, ou quand on affirme avoir fait ce qu'on n'a pas fait, et en général quand on parle sciemment contre la vérité des choses. L'autre a lieu quand on promet ce qu'on n'a pas dessein de tenir, et en général quand on montre une intention

1. « Un parler ambigu, un silence significatif, des phrases non terminées, un clignement de paupières signifiant : « Je ne puis parler », un don de flatter les gens sans rien leur promettre, une façon de menacer en conservant les formes de la courtoisie, tout chez lui était dirigé vers ce but ; et tout, plus ou moins, tournait à son avantage. Des mots tels que : « Je ne puis rien dans cette affaire », parfois vrais, mais dits de telle façon qu'on n'y croyait point, servaient à augmenter l'idée et, par conséquent, la réalité de son pouvoir ; comme des boîtes vides que l'on voit encore dans quelques boutiques d'apothicaires avec certains mots arabes écrits dessus, servent à conserver à la boutique son crédit. »

(*Les Fiancés.* Traduction de Silvana Magrini et Louis Guilloux.)

contraire à celle qu'on a. Ces deux mensonges peuvent quelquefois se rassembler dans le même. »

Plus la lutte pour la vie est pénible et plus cette lutte vous rend conscient de votre propre faiblesse, plus le besoin de se tromper mutuellement s'amplifie. Simuler la force, l'honnêteté, la sympathie, la prudence, bref toutes les vertus qui l'emportent sur la véracité, est une forme d'adaptation, un subtil instrument de lutte. L'humoriste reconnaît sur-le-champ ces différentes simulations de la lutte pour la vie. Il s'amuse à les démasquer, il ne s'en indigne pas. « C'est ainsi ! » dira-t-il.

Et tandis que le sociologue décrit la vie sociale d'après les manifestations extérieures qu'il en aura observées, l'humoriste, armé de son intuition aiguë, démontre, révèle combien les apparences sont profondément différentes de l'essence intime de la conscience chez les membres d'une société. Et pourtant le mensonge psychologique est aussi courant que le mensonge social. Se mentir à soi-même, en ne vivant de façon consciente qu'à la surface de notre être psychique, est un effet du mensonge social. L'âme qui se reflète elle-même est une âme solitaire ; mais cette solitude intérieure n'est jamais totale au point que ne pénètrent pas dans la conscience les suggestions de la vie communautaire, avec les habiletés à feindre et à changer de figure qui la caractérisent.

L'âme de la race et de la collectivité à laquelle nous appartenons vit dans notre âme ; la façon dont autrui juge, sa façon de sentir et d'agir exerce sur nous son influence, sans que nous en ayons conscience. De même que, dans le monde social, règnent la simulation et la dissimulation, d'autant moins perçues qu'elles nous sont devenues habituelles, de même nous simulons et dissimulons dans nos rapports avec nous-mêmes en nous dédoublant et souvent même nous multipliant. En nous-mêmes nous ressentons la vanité de paraître différent de ce que nous sommes, vanité qui, dans la vie sociale, est une forme consubstantialisée, et nous fuyons ce genre d'analyse qui, en dévoilant cette vanité, dresserait notre conscience contre nous et nous humilierait à nos propres yeux. Mais cette analyse, l'humoriste la fait pour nous, qui peut se donner pour tâche de démasquer toutes les vanités et de représenter la société comme une *Vanity Fair* ainsi que Thackeray l'a fait [1].

L'humoriste sait bien que la prétention à être logique l'emporte souvent de beaucoup en nous sur la cohérence logique réelle et que si nous feignons d'être logiques, sur le plan de la spéculation, la logique de l'action peut démentir celle de la pensée, allant jusqu'à démontrer le caractère de fiction qu'a notre croyance en la sincérité absolue. L'habitude, l'imitation inconsciente, la paresse mentale contribuent à créer l'équivoque. Et lorsque ensuite, par exemple, on associe une raison rigoureusement logique avec le respect et l'amour à l'égard de certains idéaux, cette référence à la raison est-elle vraiment toujours sincère ? Est-ce toujours dans la raison pure, désintéressée que se trouve l'unique et vraie source du choix de nos idéaux et de notre persévérance à les cultiver ? N'est-il pas au contraire plus conforme à la réalité de soupçonner que ces idéaux sont parfois jugés non pas selon un critère objectif et

1. Cette même tâche Thackeray se la donne dans le *Livre des snobs* et la *Nouvelle sans héros, ou de quelques vanités éclairées à la chandelle de l'auteur.*

rationnel, mais plutôt en fonction d'impulsions affectives spéciales et de tendances obscures ?

Les barrières, les limites que nous imposons à notre conscience sont elles aussi des illusions, les conditions d'apparition de notre individualité relative. Mais dans la réalité, de telles limites n'existent pas. Il n'y a pas qu'un « moi » en nous, celui que nous sommes maintenant, mais un autre « moi » aussi, celui que nous fûmes jadis ; nous vivons, sentons et raisonnons à l'aide de pensées et de sentiments qu'un long oubli a obscurcis, supprimés et éteints dans notre conscience présente, mais qui, à la faveur d'un choc, d'un trouble imprévu de l'esprit, peuvent encore faire preuve de vie en révélant vivant en nous un autre « moi » insoupçonné. Les limites de notre mémoire personnelle et consciente ne sont pas absolues. Au-delà de cette frontière, il y a des souvenirs, des perceptions, des raisonnements. Ce que nous connaissons de nous-mêmes n'est qu'une partie, une infime partie peut-être, de ce que nous sommes [1]. Il y a tant et tant de choses que nous surprenons en nous à certains moments exceptionnels : perceptions, raisonnements, états de conscience qui se situent vraiment au-delà des limites relatives de notre existence morale et consciente. Certains idéaux que nous croyons désormais disparus et dépourvus dans notre pensée de toute influence sur nos sentiments et nos actes, survivent peut-être cependant, sinon sous leur forme intellectuelle pure, du moins dans leur substrat de tendances affec-

1. Voir dans le livre d'Alfred Binet *Les Altérations de la personnalité* les merveilleuses expériences psycho-physiologiques qui s'y trouvent rassemblées et d'où peuvent se tirer, avec bien d'autres encore, les présentes considérations. G. Negri l'avait noté déjà dans son ouvrage *Signes des temps.*

tives et pratiques. Certaines tendances dont nous nous croyons libérés peuvent être pour nous de réels motifs d'action alors qu'au contraire certaines croyances nouvelles que nous nous figurons posséder vraiment, intimement, n'auront en nous d'autre efficacité pratique qu'illusoire.

C'est bien pourquoi les diverses tendances qui définissent la personnalité font sérieusement penser que l'âme n'est pas *une*. Comment affirmer en effet qu'elle le soit si passion et raison, instinct et volonté, tendances et aspirations à l'idéal constituent en quelque sorte autant de systèmes distincts et mouvants d'une action telle que l'individu, vivant selon l'un ou selon l'autre de ces systèmes ou selon quelque compromis entre deux ou davantage de ces orientations psychiques, apparaît vraiment comme si l'on pouvait détecter en lui plusieurs âmes différentes et voire même opposées, plusieurs personnalités opposées ?

Il n'y a pas d'homme, a dit Pascal, qui, dans la succession du temps, diffère plus d'un autre que de lui-même.

La croyance en l'unité de l'âme est en totale contradiction avec le concept historique de l'âme humaine. Sa vie est un équilibre instable : une perpétuelle alternance de sentiments, de tendances, d'idées en état de résurgence ou d'assoupissement, un flux et reflux incessant entre termes contradictoires, une oscillation entre pôles contraires comme l'espérance et la peur, le vrai et le faux, le beau et le laid, le juste et l'injuste, etc. Si soudain, sur le fond obscur de l'avenir, se dessine un clair schéma d'action ou que la fleur de la jouissance s'y allume d'un vague éclat, on ne tardera pas à voir surgir, armée des droits de l'expérience, la pensée du temps passé, le plus souvent sombre et triste. Ou bien ce sera le visage hargneux du présent qui viendra mettre son holà aux fringances de l'imagination. Cette lutte de souvenirs, d'espérances, de pressentiments, de perceptions, d'aspirations à l'idéal, on peut se la représenter comme un combat entre des âmes qui se disputent la possession complète et définitive de la personnalité.

Voici un haut fonctionnaire qui se croit et qui est, le pauvre, réellement un honnête homme. L'âme morale domine en lui. Mais un beau jour, l'âme instinctive, qui est comme la bête originelle tapie au fond de chacun de nous, chasse d'un coup de pied l'âme morale et notre honnête homme commet un vol. Oh ! juste après, le pauvre homme, il est le premier à en demeurer stupéfait. Il pleure et, désespéré, s'interroge : *comment donc cela se fait-il que j'aie pu commettre cet acte ?* Mais le fait est que c'est un voleur. Et cet autre-là, cet homme de bien, cet admirable homme de bien ? Oui, Messieurs-Dames, il a tué. Au sein de sa personnalité, l'idéal moral constituait une âme en opposition avec l'âme instinctive et aussi, pour une part, avec l'âme affective et passionnelle ; cet idéal constituait une âme acquise qui luttait contre l'âme héréditaire, qui laissée quelque temps à elle-même, aura débouché soudain dans le vol et dans le crime.

La vie est un flux continu que nous essayons d'arrêter, de fixer en formes stables et déterminées, en nous et hors de nous, parce que nous sommes déjà nous-mêmes des formes fixées, des formes qui se meuvent au milieu d'autres formes immobiles, mais qui peuvent suivre cependant le flux de la vie jusqu'au moment où, se solidifiant de plus en plus et déjà peu à peu ralenti, ce mouvement cesse. Les formes en lesquelles nous essayons d'arrêter, de fixer en nous ce flux continu sont les concepts, les idéaux en lesquels nous aimerions nous conserver cohérents, toutes les fictions que nous nous créons, les conditions et l'état stable dans lesquels nous aspirons à nous maintenir. Mais à l'intérieur de nous-mêmes, dans ce que nous appelons l'âme, et qui est la vie en nous, le flux continue à couler indistinct par-dessus les digues, au-delà des limites que nous lui imposons, en nous composant une conscience et nous construisant une personnalité. A certaines heures de tempête, assaillies par ce flux, toutes nos belles formes fictives s'écroulent misérablement ; de même qu'à certains moments de crue, on voit aussi sortir de son lit et semer le ravage partout ce qui ne coule pas par-dessus les digues et au-delà des limites, mais qui se présente à nous distinct et que nous avons avec grand soin canalisé dans nos sentiments, dans les devoirs que nous nous sommes imposés, les habitudes que nous nous sommes données.

Il existe des âmes agitées, comme en état de perpétuelle fusion, qui négligent de se reprendre, de se solidifier en telle ou telle forme de personnalité. Mais même pour les âmes plus tranquilles qui se sont installées à l'aise au sein d'une forme quelconque, l'état de fusion reste toujours menaçant : le flux de la vie coule en nous tous.

Et pour nous tous, cependant, il arrive qu'opposé à cette âme en pleine fusion et remuée, notre corps fixé pour toujours en un aspect qui ne changera pas constitue une torture. « Pourquoi faut-il que nous soyons justement cela ? » nous demandons-nous parfois en nous regardant dans un miroir. « Avec ce visage, ce corps ? » Sans y penser, nous levons une main et notre geste reste en suspens. Il nous semble étrange que ce soit nous qui l'ayons fait. *Nous nous voyons vivre.* Avec ce geste en suspens, nous pouvons nous prendre pour une statue : cette statue d'orateur antique qu'on voit, par exemple, dans une niche, en montant l'escalier du Quirinal. Un rouleau de parchemin dans une main et l'autre tendue en un geste sobre, comme il semble affligé et surpris, cet orateur de l'Antiquité, d'être resté là, effigie de pierre, de siècle en siècle, dans cette attitude en suspens, devant tant de gens qui ont gravi, qui gravissent et graviront cet escalier !

A certains moments de silence intérieur où notre âme se dépouille de toutes ses fictions habituelles et où notre regard devient plus aigu et plus pénétrant, nous nous voyons nous-mêmes dans la vie et nous voyons la vie en elle-même comme dans une nudité aride, inquiétante. Nous nous sentons assaillis par une impression étrange, comme si, le temps d'un éclair, se révélait une réalité différente de celle que nous percevons normalement, une réalité vivant au-delà de la vision humaine, étrangère aux formes de la raison humaine. Avec une extrême lucidité, l'ensemble de notre existence quotidienne, comme suspendue dans le vide de notre silence intérieur, nous apparaît privée de sens et sans but ; et cette réalité différente nous apparaît horrible dans sa crédulité impassible et mystérieuse, parce que tous nos faux rapports habituels de sentiments et d'images se sont brisés et désagrégés en elle. Le vide intérieur s'élargit, déborde les limites de notre corps, se fait vide autour de nous, un vide étrange, arrêt du temps et de la vie, comme si notre silence intérieur s'abîmait dans le gouffre du mystère. Dans un suprême effort, nous cherchons alors à réacquérir une conscience normale des choses, à renouer avec elles des rapports habituels, à rétablir une connection entre nos idées, à nous sentir de nouveau vivants, comme auparavant, comme de coutume. Mais à cette conscience normale, à ces idées remises en connexion, à ce sentiment coutumier de la vie, nous ne pouvons plus accorder foi, parce que nous savons désormais que ce n'est là que tromperie pour aider à vivre, au-dessous de quoi se trouve quelque chose d'autre que l'homme ne peut regarder en face sans mourir ou devenir fou. Ce ne fut qu'un instant ; mais subsistera longtemps en nous l'impression qu'il nous a laissée, comme d'un vertige auquel s'oppose, pour vaine qu'elle soit, la stabilité des choses : prétentieuses ou pitoyables apparences ! La vie dès lors qui va son petit train coutumier au milieu de ces apparences nous semble presque ne plus exister pour de vrai, n'être plus qu'une fantasmagorie mécanique. Comment lui attacher de l'importance ? Lui manifester du respect ?

Aujourd'hui, nous sommes là : demain, plus personne. Quel visage nous a-t-on donné pour jouer le rôle du vivant ? Un vilain nez ? Quel ennui que d'avoir à promener ce vilain nez pour toute la durée de sa vie... Une chance qu'à force de le faire, nous n'y prenions plus garde. Ce sont les autres, évidemment, qui y prennent garde, quand nous en sommes arrivés à nous croire dotés d'un beau nez : et alors, comment s'expliquer que les autres rient en nous regardant ? Une jolie bande d'imbéciles ! Nous nous consolons en regardant les oreilles de celui-ci et les lèvres de celui-là : lesquels n'y voient que du feu et ont le front de rire de nous. Des masques, des masques... Un souffle et ils disparaissent pour céder la place à d'autres. Ce pauvre boiteux, là-bas... Qui cela peut-il être ? Il court à la mort avec sa béquille... Ici, la vie écrase un pied ; là, elle arrache un œil... Jambe de bois, œil de verre, et en avant ! Chacun raccommode son masque comme il peut — le masque de dessus, car dessous, il y a l'autre masque qui souvent ne s'harmonise guère avec celui du dehors. Et rien n'est vrai ! Vraie est la mer, oui, la montagne ; vrais le caillou et le brin d'herbe. Mais l'homme ? Sans le vouloir, sans le savoir, l'homme reste toujours masqué de ce qu'il croit être de bonne foi : *beau, bon, plaisant, généreux, malheureux,* etc. Cela fait bien rire, lorsqu'on y pense. Car, prenons un chien, par exemple, que fera-t-il une fois passée la première fièvre de la vie ? Il mange et il dort : il vit comme il peut, comme il doit ; il ferme les yeux, plein de patience, et laisse le temps s'écouler, froid s'il fait froid, chaud s'il fait chaud ; et si on lui allonge un coup de pied, il l'accepte, puisque c'est le signe, que cela lui revient. Mais l'homme ? Si vieux qu'il soit, toujours cette *fièvre* : il délire et il ne s'en aperçoit pas ; il ne peut s'empêcher de prendre des poses, même devant lui-même d'une certaine manière, et que de choses il imagine, qu'il a besoin de croire vraies, besoin de prendre au sérieux !

En cela, il est aidé par une petite machine infernale dont la nature a bien voulu lui faire cadeau, la lui ajustant dans la tête pour lui donner la preuve insigne de sa bonté. Pour leur salut, les hommes auraient dû la laisser se rouiller, ne pas la mettre en marche, ne jamais y toucher. Ah ! bien oui. Certains se sont trouvés si heureux de la posséder, ils en ont tiré tant d'orgueil qu'ils se sont aussitôt mis à la perfectionner avec un zèle acharné. Aristote est même allé jusqu'à écrire un livre dessus, un charmant petit traité dont on use encore dans les écoles pour que vite et bien les enfants sachent faire joujou avec elle. C'est une espèce de pompe à filtre qui met en communication le cerveau et le cœur.

MM. les philosophes appellent cela la LOGIQUE.

Grâce à elle, le cerveau pompe les sentiments dans le cœur et en extrait des idées. En traversant le filtre, le sentiment y abandonne tout ce qu'il a de chaud et de trouble : il se refroidit, se purifie, s'i-dé-a-li-se. Un pauvre sentiment, né d'un cas particulier, d'une quelconque contingence, souvent douloureuse, ainsi pompé et filtré par le cerveau au moyen de cette petite machine, devient une idée générale abstraite. Et que s'ensuit-il ? Il s'ensuit que nous n'avons plus seulement à nous affliger de ce cas particulier, de cette contingence passagère, mais qu'il nous faut encore nous empoisonner la vie avec ce concentré, ce sublimé corrosif de la déduction logique. Et beaucoup de malheureux s'imaginent guérir ainsi de tous les maux dont le monde est plein, et ils pompent et ils filtrent à tort et à travers jusqu'à ce que leur cœur reste aussi sec qu'un morceau de liège et que leur cerveau soit un vrai rayon de pharmacie encombré de ces bocaux qui portent écrit sur l'étiquette, avec un crâne et deux tibias en croix, le mot POISON.

L'homme n'a pas une idée, une notion absolue de la vie, mais bien plutôt un sentiment changeant et varié selon les époques, les cas, les hasards. Or, la logique, en tirant les idées des sentiments, tend justement à fixer ce qui est mobile, changeant et fluide : elle tend à donner une valeur absolue à ce qui est relatif. Et elle aggrave ainsi un mal grave en lui-même. Car la première racine de notre mal réside précisément dans ce sentiment que nous avons de la vie. L'arbre vit et ne se sent pas vivre : pour lui la terre, le soleil, l'air, la lumière, le vent, la pluie ne sont pas des choses qui ne font pas partie de lui-même. L'homme au contraire a reçu en naissant le triste privilège de se sentir vivre, avec la belle illusion qui en résulte : à savoir qu'il prend pour une réalité hors de lui son propre sentiment intérieur de la vie, changeant et varié.

Les Anciens ont inventé la légende de Prométhée dérobant une étincelle au soleil pour en faire cadeau aux hommes. Eh bien, le sentiment que nous avons de la vie, c'est justement cette légendaire étincelle. Elle nous fait nous voir perdus sur la terre ; elle projette autour de nous un cercle plus ou moins large de lumière au-delà duquel s'étend l'ombre la plus noire, une ombre terrifiante qui n'existerait pas si nous n'avions pas en nous cette étincelle allumée : une ombre qu'hélas ! nous devons pourtant croire vraie, tant que cette étincelle reste vivante en nous. Lorsque enfin le souffle de la mort aura éteint cette flammèche, serons-nous vraiment accueillis par cette ombre fictive, par cette nuit perpétuelle succédant au jour fumeux de notre illusion, ou ne resterons-nous pas plutôt à la merci de l'Etre qui n'aura fait que briser les formes vaines de la raison humaine ? Toute cette ombre, cet énorme mystère que tant et tant de philosophes ont interrogé en vain et que la science d'aujourd'hui, tout en renonçant à l'explorer, ne rejette pourtant pas, sera-ce autre chose au fond qu'une tromperie comme une autre, une tromperie de notre esprit, une image fantaisiste qui ne prend pas couleur ? Si tout ce mystère, somme toute, n'existait pas hors de nous, mais uniquement en nous, et de plus nécessairement par la grâce du sentiment que nous avons de la vie — ce trop fameux privilège ? Si la mort n'était que le souffle qui éteint en nous ce sentiment, source d'effroi et de souffrance parce qu'il se trouve limité, circonscrit par ce cercle d'ombre fictive régnant au-delà de la maigre lueur que nous projetons autour de nous et dans l'auréole de laquelle notre vie demeure emprisonnée, comme exclue pour un certain temps de la vie universelle, éternelle, où il semble que nous soyons destinés à rentrer un jour, alors que nous y sommes déjà et y resterons toujours, mais débarrassés désormais de ce sentiment d'exil qui fait notre angoisse ? La limite n'est-elle pas ici une fois de plus illusoire et relative au peu de clarté qui émane de nous, de notre individualité ? Nous avons peut-être toujours vécu et peut-être vivrons-nous toujours avec l'univers ; à cette heure, nous participons, sous notre forme actuelle, à toutes les manifestations de l'univers. Nous n'en savons rien, nous ne le voyons pas, car hélas ! cette étincelle dont Prométhée a voulu nous faire don ne nous laisse apercevoir que le peu qu'elle illumine.

Et demain, un humoriste pourrait représenter Prométhée sur le Caucase en train de considérer d'un œil mélancolique sa torche allumée et de découvrir enfin en elle la cause fatale de son éternel supplice. Il s'est finalement aperçu que Jupiter n'est rien d'autre qu'un vain phantasme né de lui, une misérable tromperie, l'ombre de son propre corps qui, gigantesque, se projette dans le ciel à cause de la torche, et voilà tout, qu'il tient allumée dans sa main. Ce n'est qu'à une seule condition que Jupiter pourrait disparaître : à condition que Prométhée éteigne sa chandelle, pardon, je veux dire sa torche. Mais il ne sait pas, il ne veut pas, il ne peut pas. Et terrifiante et tyrannique, l'ombre demeure pour tous les hommes qui n'arrivent pas à se rendre compte de cette fatale tromperie.

Preuve nous est ainsi donnée que le contraste nous est indissolublement lié comme l'ombre au corps. Nous l'avons vu, au cours de ce rapide aperçu sur l'humour, s'élargir peu à peu, déborder les limites de notre être individuel, où il a ses racines, pour s'étendre tout autour. Et cette découverte, nous la devons à la réflexion qui voit en tout une construction du sentiment illusoire, feinte ou fictive qu'à l'aide d'une analyse aiguë, subtile et minutieuse, elle sait démonter et décomposer.

L'un de nos plus grands humoristes fut, sans le savoir, Copernic, qui démonta non la machine de l'univers à proprement parler, mais l'image orgueilleuse que nous nous en étions faite. Qu'on lise le dialogue de Leopardi qui justement porte pour titre le nom de ce chanoine polonais.

Le coup de grâce, c'est la découverte du télescope qui nous l'a donné : une autre petite machine infernale qui fait on ne peut mieux la paire avec celle dont la nature a bien voulu nous gratifier. Mais cette machine-là, nous l'avons inventée nous-mêmes, afin de ne pas être en reste. Tandis que l'œil regarde d'en bas à travers la lentille la plus petite et voit grand ce que la nature avait pris le soin providentiel de nous montrer minuscule, que fait notre âme ? Elle se met à regarder d'en haut à travers la lentille la plus grande, et le télescope devient alors un terrible instrument qui réduit à zéro la terre et l'homme, toutes nos gloires et nos grandeurs.

C'est une chance qu'il appartienne à la réflexion

humoristique de provoquer le sentiment du contraire ; lequel, dans le cas qui nous occupe, pourra dire : « Est-il vraiment si petit cet homme que, pris à l'envers, le télescope nous fait voir ? S'il peut saisir et concevoir sa petitesse infinie, cela signifie aussi qu'il saisit et conçoit l'infinie grandeur de l'univers. Comment affirmer dès lors que l'homme puisse être petit ? »

Mais il est également vrai que si cet homme se sent grand et qu'un humoriste vient à le savoir, il pourra lui arriver, ainsi qu'il en est de Gulliver, d'être un géant à Lilliput et un joujou entre les mains des géants de Brobdingnag.

De tout ce que nous avons dit jusqu'ici au sujet de l'activité particulière de la réflexion chez l'humoriste, il apparaît clairement qu'elle sera nécessairement le processus intime de l'art humoristique.

Comme toutes les constructions idéales ou illusoires, l'art tend lui aussi à fixer la vie : il la fixe en un ou plusieurs moments déterminés : la statue en un geste, le paysage en une vision temporaire immuable. Mais qu'en advient-il alors de la perpétuelle mobilité des visions successives ? De l'état de continuelle fusion où les âmes sont plongées ?

D'une façon générale, l'art extrait et concentre, c'est-à-dire recueille et représente l'idéalité essentielle et caractéristique des individus comme des choses. Or, l'humoriste a l'impression que tout cela simplifie trop la nature et tend à rendre la vie trop raisonnable ou tout au moins trop cohérente. L'art en général, lui semble-t-il, ne tient pas suffisamment compte des causes *vraies* qui incitent cette pauvre âme humaine aux actes les plus inconsidérés, absolument imprévisibles. Aux yeux de l'humoriste, les causes ne sont jamais, dans la vie, aussi logiques et ordonnées que dans nos œuvres d'art ordinaires où, au fond, tout est combiné, agencé, ordonné en fonction des fins que l'écrivain s'est proposées. L'ordre ? La cohérence ? Mais s'il existe en nous quatre ou cinq âmes qui se combattent mutuellement : l'âme instinctive, l'âme morale, l'âme affective, l'âme sociale ? Selon que l'une ou l'autre l'emporte, notre conscience s'y adapte et nous tenons pour valable et sincère cette interprétation fictive de nous-mêmes, de ce nous-même intérieur que nous ignorons puisqu'il ne se manifeste jamais tout entier, mais tantôt de telle façon et tantôt de telle autre selon les hasards de la vie.

Certes un poète épique ou dramatique peut représenter un héros en qui se manifeste la lutte d'éléments opposés et incompatibles ; mais à partir de ces éléments, il *composera* un caractère qu'il s'imposera de rendre cohérent en chacun de ses actes. L'humoriste, au contraire, fait exactement l'inverse : il *décompose* le caractère en ses éléments et tandis que l'un s'évertuait à rendre son héros cohérent en chacun de ses actes, l'autre se divertit à le représenter dans ses incongruités.

Les héros, l'humoriste les ignore ; ou plutôt, il laisse aux autres le soin de les représenter. Pour sa part, il sait à quoi s'en tenir sur la légende et la manière dont elle se forme, sur l'histoire et la manière dont elle se forme : rien que des compositions plus ou moins idéales, et d'autant plus idéales peut-être qu'elles montrent de prétention à se vouloir réelles. Des compositions qu'il se divertit fort à décomposer, bien qu'on ne puisse dire qu'il s'agit là d'un divertissement agréable.

Si à proprement parler il ne voit pas le monde nu, il le voit pour ainsi dire en chemise : en chemise le roi qui produit tant d'impression sous les dehors du personnage composé, trônant, plein de majesté, avec le sceptre et la couronne, le manteau de pourpre et d'hermine. Et que, dans les chambres ardentes, on n'aille surtout pas composer, couchées sur le catafalque, des figures de morts trop pompeuses ! Car l'humoriste est très capable de n'éprouver aucun respect pour une telle composition, toute cette dépense d'apparat ; il est capable, par exemple, dans l'atmosphère de componction qui règne parmi l'assistance, de surprendre en ce mort-là, froid et dur, mais en habit et décoré, un lugubre gargouillement d'entrailles, et rien ne l'empêchera de s'exclamer (en latin, parce que certaines choses, il vaut mieux les dire dans cette langue) :

Digestio post mortem.

Ces soldats autrichiens aussi, qu'à propos du poème de Giusti, nous avons évoqués plus haut, c'est en chemise finalement, comme autant de pauvres diables en chemise, que le poète les a vus : dépouillés de leurs odieux uniformes qui sont le symbole aux yeux de Giusti de l'esclavage qu'endure alors la patrie. Ces uniformes, en son esprit, *composent* une représentation idéale de la patrie devenue esclave. La réflexion décompose cette représentation, déshabille ces soldats et ne voit plus en eux qu'un ramassis de pauvres garçons aussi malheureux que ridicules.

« L'homme est un animal vêtu », dit Carlyle dans son *Sartor Resartus*. « La société a pour base la garde-robe. » La garde-robe *compose* elle aussi, elle compose et *dissimule* : deux choses que l'humoriste ne peut souffrir.

La vie nue, la nature privée d'ordre tout au moins apparent, hérissée de contradictions, l'humoriste la juge infiniment éloignée de l'agencement idéal de nos conceptions artistiques ordinaires, agencement dans lequel il est manifeste que tous les éléments se soutiennent mutuellement et coopèrent étroitement.

Dans la vraie réalité, les actions qui mettent un caractère en relief se détachent sur un fond d'histoires banales et de détails sans intérêt, si bien qu'en général les écrivains ne s'en servent pas ou ne s'en occupent que fort peu, comme si ces histoires et ces détails inutiles et négligeables, ne possédaient aucune valeur. L'humoriste au contraire en tire le meilleur parti. L'or ne se trouve-t-il pas, dans la nature, mélangé à la terre ? Cela n'empêche pas qu'ordinairement les écrivains jettent la terre et nous offrent l'or d'une belle coulée et bien fondu, soigneusement pesé, sous la forme de pièces toutes neuves, bien frappées sur pile et sur face. Mais l'humoriste n'ignore pas que les histoires banales, les détails sans intérêt, bref, tout ce qui fait la matière de la vie si variée et si complexe, sont appelés à contredire cruellement ces simplifications idéales, contraignent à des actes, inspirent des pensées et des sentiments en totale opposition avec la logique harmonieuse des faits et des caractères tels que les auront conçus les écrivains ordinaires. Et l'imprévu que réserve la vie ? L'abîme qui est dans les âmes ? Ne sentons-nous pas souvent en nous le frémissement sinueux de pensées étranges, comme des éclairs de folie, d'inconséquences inavouables fût-ce à nous-mêmes, qu'on croirait vraiment jaillies d'une âme sans rapport aucun avec celle que normalement nous nous reconnaissons avoir ? D'où, chez l'humoriste, toute cette recherche de détails infimes et intimes, qui peuvent paraître également vulgaires et triviaux si on les compare aux synthèses idéalisatrices de l'art en général, toute cette recherche de contrastes et de contradictions sur laquelle son œuvre se fonde aux antipodes de la cohérence dont les autres ont tant besoin. D'où ce je ne sais quoi de non composé, d'effiloché, de capricieux, cette multitude de digressions que présente l'œuvre humoristique en opposition avec l'agencement ordonné, la *composition* de l'œuvre d'art en général.

Tout cela est le fruit de la réflexion qui décompose. « Le nez de Cléopâtre : s'il eût été plus court, toute la face de la terre aurait changé. » Ce petit *s'*, cette minuscule particule qu'on peut tailler, ficher comme un coin dans toutes les affaires de la terre, que de désagrégations elle est capable de produire, de quel immense jeu de démontage il est possible qu'elle soit la cause entre les mains d'un humoriste comme Laurence Sterne, par exemple, qui voit le monde entier régi par l'infiniment petit.

Résumons-nous : l'humorisme consiste dans le sentiment du contraire que provoque l'activité particulière de la réflexion qui ne se cache pas ni ne devient, comme ordinairement dans l'art, une forme du sentiment, mais son contraire, bien que sentiment, elle le suive pas à pas comme l'ombre suit le corps. D'ordinaire, l'artiste ne s'occupe que du corps : l'humoriste s'occupe à la fois et du corps et de l'ombre, et parfois plus de l'ombre que du corps. Il note tous les bons tours de cette ombre, comment tantôt elle s'allonge et tantôt grossit des flancs, comme pour faire la nique au corps qui pendant ce temps ne la mesure pas ni ne s'en soucie.

Dans les représentations comiques du diable, au Moyen Age, nous trouvons un écolier qui, pour se moquer de Satan, lui donne à attraper sa propre ombre sur un mur. Celui qui a inventé ce diable n'était certainement pas un humoriste. Ce que vaut une ombre, l'humoriste le sait bien. Qu'on s'en informe auprès du Peter Schlemihl de Chamisso.

6.

GIOVANNI VERGA

Ce m'est un double titre d'honneur que d'avoir été deux fois désigné pour célébrer Giovanni Verga et son œuvre. La première fois, par la ville de Catane quand, au nom de la Sicile entière, elle voulut marquer d'une fête solennelle son quatre-vingtième anniversaire. Aujourd'hui, par l'Académie royale d'Italie qui, en me communiquant le désir unanime de mes collègues de la Section des Lettres à me voir désigné, a tenu à me faire savoir que le Gouvernement italien entend à son tour, par ma voix, honorer dignement le grand écrivain sicilien.

Il est bon et il est juste, vu le sens et la valeur que j'attribue à un tel fait, que le nouveau Gouvernement de l'Italie reconnaisse la gloire et honore la haute qualité nue et forte d'un art comme celui de Giovanni Verga.

Deux types humains que tout peuple est peut-être capable de tirer de ses racines : les créateurs et les adaptateurs, les esprits nécessaires et les créateurs de luxe, les uns dotés d'un « style des choses » et les autres d'un « style des mots » ; deux grandes familles donc ou catégories d'hommes qui coexistent au sein de toute nation, se trouvent être en Italie, peut-être plus que partout ailleurs, bien distinctes et facilement identifiables. Mais seulement pour qui connaît nos réalités et sait les voir de l'intérieur. Car qu'ils soient étrangers ou non, les observateurs superficiels sont au contraire les dupes faciles du bruit, de la pompe, de la richesse dont se gonflent les manifestations de ceux que je viens d'appeler les maîtres du « style des mots », ce qui fait croire qu'en Italie, seuls ces maîtres-là existent. Il est si facile d'être dupe et de nourrir une telle opinion puisque avant tout ces hommes-là sont de beaucoup les plus nombreux, les plus aisément accessibles et de commerce agréable ; et puisqu'ensuite réellement l'Italie semble faite pour eux, pour donner relief et couleur, signification à leurs débordants déballages : beaux gestes, belles paroles, passions flatteuses et rappels solennels du passé. Au point qu'il est presque impossible, surtout pour un étranger, de penser à l'Italie, à ses beautés naturelles, à ses traditions, sans se figurer les Italiens tous en voie de perdition pour aimer trop la vie des sens, ivres de soleil, de lumière, de couleurs, ivres de chansons et jouant tous avec bonheur d'un quelconque instrument de musique, un peu aventuriers, un peu comédiens, faits pour l'amour et pour le luxe, fussent-ils plongés dans la misère. Et l'on imagine alors que leurs hommes célèbres sont des lettrés pleins de fantaisie, au langage sonore, d'admirables enlumineurs et évocateurs des gloires révolues. Et l'on croit que ce peuple vit de ce qu'une nature délicieuse lui dispense de félicité et de son grand passé de dignité : qu'il en vit et récupère même ses mises comme en un jeu ou une fantasmagorie où les choses seraient vapeur de songe, les nécessités abolies, et tout est facile, tout fait, rien difficile et à faire.

Naturellement, ce n'est pas le cas. Les autres également sont là : ceux qui ont moins d'apparence et beaucoup plus d'utilité ; ceux que j'ai appelés les maîtres du « style des choses ».

Chez les premiers, les choses n'ont pas tant de valeur en elles-mêmes que par la manière dont elles sont dites, et le lettré, le séducteur ou le comédien, qui brûle de faire admirer sa virtuosité à bien dire, ne manque jamais de montrer le bout de l'oreille, alors même qu'il souhaiterait ne pas se découvrir. Chez les seconds, le mot présente la chose et, en tant que mot, ne vise à avoir de valeur que dans la mesure où il sert à exprimer la chose, si bien qu'entre la chose et celui qui devra la voir, ce mot en tant que tel disparaît et que subsiste, non pas le mot, mais la chose même. D'une part donc, une architecture voyante de mots musicaux et recherchés qui veulent avoir une valeur en eux-mêmes outre celle de la chose signifiée, mais dont on finit par être, à force de virtuosité, saturé et fatigué. D'autre part, au contraire, une construction du dedans, les choses qui naissent et s'offrent si bien au regard qu'on marche au milieu d'elles, qu'on y respire, qu'on les touche : des pierres, une chair, ces feuilles, ces yeux, cette eau.

Tout au long de notre littérature, bien distinctes et presque parallèles, ces deux catégories d'écrivains manifestent leur existence et il est possible de les suivre, voisines et opposées, des origines à nos jours : Dante et Pétrarque ; Machiavel et Guichardin ; l'Arioste et le Tasse ; Manzoni et Monti ; Verga et d'Annunzio.

Si l'on pense que Dante meurt en exil et que Pétrarque est couronné au Capitole, que Machiavel achève sa vie comme il se décrit lui-même dans une lettre fameuse, que l'Arioste de poète est fait « palefrenier » tandis que la folie seule enlève au Tasse les bénéfices de la fortune et que lui aussi est proposé pour accéder à l'honneur suprême du couronnement au Capitole ; si l'on pense que la déception prévaut lorsque paraissent *Les Fiancés* et que c'est presque inconnu de tous que Leopardi passe de vie à trépas, alors qu'on sait à quels brillants honneurs le poète Monti est parvenu, on se trouve obligé de convenir que dans cette Italie aux mille fictions historiques, si prodigieusement riche en très douces sonorités verbales fortes et pleines, en très pures beautés formelles et en magnificences naturelles — chez nous donc, en Italie, miracle des sens et des valeurs — le droit de citoyenneté est de préférence réservé à qui dit beaucoup de paroles plutôt que beaucoup de choses ; il faut convenir que parfois se révèle trop difficile, insupportable et cruel l'effort lucide que doit endurer celui qui entend exprimer dans leur nudité, en les découpant, les dures silhouettes des choses à dire : choses et non mots, choses tyranniques qui exigent de nous un respect absolu pour leur virginité toute nue.

Mais à qui sait endurer cet effort — passent les années, voire les siècles ! — il est fatal que l'on revienne. A Dante, on revient toujours. On revient à Machiavel, à l'Arioste. A Leopardi et à Manzoni. On revient à Giovanni Verga.

C'est pourquoi le Gouvernement italien a raison d'honorer aujourd'hui, par la présente cérémonie, l'art de Giovanni Verga auquel maintenant les jeunes reviennent (cela était inévitable), saturés et fatigués de cet excès de littérature qui une fois de plus nous submergeait par la faute de ceux qui n'ont pas su voir en Leopardi et en Manzoni les deux grands filtres qui avaient purgé la poésie et la prose italiennes de notre séculaire rhétorique.

Là où la chose n'est pas, mais les mots qui la disent, là où nous voulons être nous-mêmes par la manière de la dire, il n'y a pas création mais littérature, et aussi, littéralement, non point art mais aventure, une belle aventure qu'on désire vivre en l'écrivant ou bien vivre pour l'écrire.

Verga lui-même n'est pas exempt de ce défaut dans ses premières œuvres de jeunesse où se donne libre cours, justement, sa double sentimentalité romantique et sensuelle : monde composé de l'extérieur et — ce qui peut paraître paradoxal — situé hors de tout sentiment direct, non parce que ce sentiment n'aurait pas été alors bien à lui et très vrai, mais au contraire parce qu'il l'était trop et n'arrivait pas à appréhender du dedans une réalité qui demandait à être vue, c'est-à-dire mise au-dehors dans un personnage, le personnage précisément de l'aspiration au romanesque. Il y avait somme toute ambition de les vivre, ces romans, en même temps qu'ils étaient écrits, et rien d'autre que l'artifice ne pouvait en résulter : ce que ces aspirations comportaient d'élément trouble, en se heurtant impétueusement au filtre de l'art, en s'y engorgeant, ne parvenait pas à se purifier.

Mais ce fut là une expérience nécessaire à la nature passionnée de Verga qui tentait de s'incarner dans l'art, se cherchait sa propre forme romanesque et tout d'abord se la façonna artificiellement en la fondant sur des aspirations d'origine française. Toutes ces scories romantiques, il fallait qu'elles fussent détruites pour qu'ensuite l'or pût couler dans toute sa pureté ; il fallait que Verga se formulât cette conclusion à ses premiers ouvrages qu'on trouvera dans le roman *Eros* : « Toute la science de la vie tient dans la simplification des passions humaines et dans leur réduction à des proportions naturelles. » C'est-à-dire que cette science tient dans un étroit espace à explorer en profondeur — car mieux le chêne s'enracine, plus il s'élève dur comme fer dans le soleil — plutôt que dans un vaste terrain superficiellement cultivé — car il n'y pousse guère que les plantes d'une saison, que le moindre souffle abattra. Bref, il fallait que le feu de l'art — une fois détruites ces scories — fît lui-même irruption dans les profondeurs de la matière vivante.

Mais quand la chose se produisit et que Verga renonça à vivre son aventure pour se mettre à son vrai travail créateur, l'œuvre qui en sortit cessa d'avoir tout retentissement et resta comme sourde en un temps qui déjà retentissait d'une aventure littéraire bien autrement prestigieuse, laquelle, pendant tant d'années, plongea et maintint les esprits dans un état d'éblouissement ensorcelant : l'aventure d'un homme merveilleux, l'homme de la circonstance, né justement pour l'aventure tant dans l'art que dans la vie, et dans une telle confusion des choses de l'art et de la vie qu'on ne saurait dire ce qui relève de son art dans sa vie et de sa vie dans son art : une telle confusion n'ayant d'autre salut possible que de se dissimuler sous le somptueux manteau de guerre d'une perpétuelle littérature. J'ai nommé Gabriel d'Annunzio.

Giovanni Verga est le plus « antilittéraire » des écrivains.

En un temps tout plein d'échos de cette nouvelle et grande aventure littéraire, il n'était pas possible que l'œuvre et l'art de Verga, qui en sont l'antithèse absolue, obtinssent mieux qu'un médiocre retentissement. D'un côté la mobilité des occasions favorables ; de l'autre, la statique monotonie d'un découragement désespéré et résigné. D'une part, la pompeuse opulence non seulement d'une prose tout en épaisseur charnue et savamment colorée, mais aussi l'opulence matérielle des choses représentées : résidences campagnardes, charmantes oisivetés, furieuses envies et superbes élans d'orgueil dont l'aristocratie fait ses délices. D'autre part, une sèche maigreur, la pauvreté nue des mots et des choses : la place toujours la même et les vieilles maisons d'un humble village, la mer (mais ni poétique ni divine, avare et cruelle au contraire, celle dont vivent les pêcheurs), des campagnes désertes infestées de malaria, les difficultés, les besoins, les passions closes, originelles et soupçonneuses de petites gens qui veulent s'élever ou qui se sont déjà élevés et ils en éprouvent une angoisse qui leur interdit non seulement tout repos, mais leur ôte toute consolation.

Considérons une fois encore ces deux lignées ou catégories d'écrivains, voisines et opposées, mais en ce qui touche maintenant l'éternelle et fameuse question de la langue, vue de l'extérieur, comme on l'a toujours fait, et non en tant que création. Chez les uns, c'est la langue comme on la compose, la langue écrite : « littéraire. » Chez tous les autres règne une saveur idiotique, dialectale, à commencer par Dante qui dans les dialectes justement, mais non dans celui-ci plutôt que dans celui-là, voyait le fondement de la langue vulgaire. La plus riche langue littéraire se trouve chez d'Annunzio. Mais Verga est dialectal. Dialectal, oui, mais comme on l'est tout justement dans une nation qui vit de la vie variée et donc au sein du langage varié de ses nombreuses régions. Cette « dialectalité » de Verga est une vraie création de forme, à ne pas considérer, dès lors, selon l'usage courant, comme une « question de langue », en se contentant de relever, dans ses écrits, le tour syntaxique si souvent purement sicilien et tous ses idiotismes.

Ici, par « idiotique », il faut entendre « qui vous appartient en propre ». La vie d'une région, dans la réalité que Verga lui a donnée, comme il l'a vue, telle qu'en lui elle a trouvé son caractère et son mouvement — en d'autres termes : comme elle s'est voulue en lui — ne pouvait pas s'exprimer autrement : cette langue est sa création même. Il n'y a ni défaut, ni pauvreté des écrivains italiens, mais au contraire qualité et richesse pour leur littérature, s'il leur arrive de créer la région au sein de la langue qu'ils utilisent.

On jugera peut-être intéressant le témoignage direct d'une personne qui, comme moi, a assisté dans sa jeunesse aux discussions passionnées qui, à l'époque de la maturité de Verga, se déroulaient sur certaines vues esthétiques, certaines écoles, certaines théories artistiques, principes d'évolution de la forme et des formes littéraires. Intéressant non pas tant pour ce que je pourrais dire de sans doute déjà connu par ceux qui n'ignorent rien des dernières vicissitudes de notre histoire littéraire, mais parce qu'au cours de ces années, je me suis trouvé associé, j'ajouterais même lié de la plus intime et cordiale amitié avec Luigi Capuana. Or, cet homme fut le plus vaillant et infatigable défenseur de l'école à laquelle appartenait Verga et de la méthode de ce Verga, de la raison ou, pour mieux dire, nécessité où l'on était d'adopter de telles vues afin d'imposer un roman, non plus historique, mais de mœurs contemporaines. Les fruits que portèrent ces efforts en France puis en Italie, il les défendit encore, et d'une manière particulière l'œuvre de son fraternel ami et compagnon de travail Verga.

C'est avec peu de cohérence, me semble-t-il, que Capuana fut loué pour sa valeur et ses mérites de critique — spécialement pour avoir signalé à Verga le vrai chemin de l'art et le lui avoir éclairé — alors que c'est précisément cette clairvoyance du critique qui fut ensuite dénoncée comme première cause de son échec d'écrivain. C'est là une grande injustice et, pour qui aima Capuana, la source d'une grande amertume. Si je rappelle son souvenir, c'est au contraire pour dénoncer les déficiences de sa critique et pour louer la valeur de son art dont témoignent pour toujours tant d'admirables nouvelles paysannes et tant de pages de pure beauté dans *Le Marquis Roccaverdura* et dans *Parfum*.

Capuana a exposé les motifs pour lesquels, souhaitant s'adonner à un art de la narration qui puise événements et passions non dans le passé, mais dans le présent, il a cru inévitable, en l'absence de modèles italiens, de se tourner vers la France où le roman et la nouvelle, après une longue période d'élaboration, fournissaient les exemples les plus nouveaux. Souvent aussi il a parlé des tourments où le plongeait la recherche d'une « prose vivante » qui pût exprimer « les nuances presque imperceptibles de la pensée moderne ». Et jusqu'à son dernier souffle, il aura durement peiné pour soutenir le principe d'une prétendue « impersonnalité » dans la narration et de l'objectivité dans l'art narratif.

Verga qui, jusqu'à son roman *Eros*, avait imité les vieilles formes romantiques du récit en les modernisant un peu dans le goût et le ton d'une certaine mode littéraire française, finit par adopter les idées et les théories artistiques de Capuana.

Mais parler de tradition en art comme d'une chose dont dépend l'œuvre d'art et sans laquelle il serait, sinon proprement impossible, du moins extrêmement difficile qu'elle voie le jour, c'est — ainsi qu'on le fait d'habitude — mal poser une question qui doit être énoncée et, par conséquent, résolue d'autre manière. Toute vraie œuvre est et doit être « unique » et partant sans modèles. Il ne saurait exister dans l'abstrait et en soi une forme « roman » ou une forme « nouvelle » qui d'elles-mêmes évolueraient ici et là, et moins ici plutôt que là : mais ce qui existe, par contre, ce sont ces romans et nouvelles qui possèdent chacun pour soi une forme qui leur est propre, impossible à confondre avec d'autres, s'il s'agit vraiment d'œuvres d'art. En considérant les formes pour elles-mêmes, en désignant les modèles, en prescrivant les règles et la méthode selon lesquelles ces narrations devaient être conduites, on en arrivait à tomber dans la même erreur intellectualiste que la rhétorique qui consiste précisément en ce que je viens de dire, comme aussi en la recherche tout extérieure de l'expression. Comme si le langage était quelque chose à chercher au-dehors pour rendre ce qui se trouve au-dedans et non quelque chose qui se forme en nous avec la pensée elle-même et, mieux encore, qui est en nous cette pensée clairement perçue dans toutes ses parties. Comme si d'ailleurs, en second lieu, nous n'avions pas eu chez nous, dans *Les Fiancés* de Manzoni, déjà l'exemple d'une prose vivante, efficace et, quoique utilisée à des fins de narration historique, capable de rendre les plus minces et les plus secrets replis de la passion et de la pensée : prose née du tourment d'une triple élaboration. Quant à la fameuse question de « l'impersonnalité » ou de l'objectivisme en art, un peu d'attention aurait suffi pour voir qu'elle se réduisait à une simple différence d'attitude de l'esprit dans l'acte de la représentation, puisque l'art, en tant que conscience du sujet, ne peut jamais être objectif, sinon à condition de placer hors de nous ce qui est notre création, comme si celle-ci précisément n'était pas nôtre, mais une réalité en soi que nous aurions seulement à reproduire fidèlement, sans faire montre d'aucune participation, somme toute en spectateurs diligents et impartiaux.

Comme tous les critiques qui appartiennent à l'école du vérisme, Capuana, par manque de discernement esthétique, est au fond tombé dans l'erreur même qui avait déjà incité Manzoni à condamner son chef-d'œuvre : avec cette unique différence que Manzoni se trompa sur le plan esthétique par un scrupule à l'égard de l'histoire, tandis que chez Capuana et les naturalistes, ce scrupule se manifeste à l'égard de la science, telle qu'on la concevait de leur temps.

Montrer ou ne pas montrer la conscience que l'on a de sa propre création : tout est là. Prendre une attitude lyrique, c'est-à-dire avoir recours aux éléments subjectifs de l'esprit : le sentiment et la volonté ; ou prendre une attitude historique, c'est-à-dire avoir recours à l'élément objectif : l'intelligence. Si l'œuvre d'art parfaite est si rare, c'est qu'il advient très rarement qu'avec ces divers éléments accordés à l'unisson, l'esprit tout entier travaille sans prévalence de ceci sur cela, ainsi qu'il arrive toujours à un moment ou à un autre, à la suite d'actions ou de réactions imprévues. Et toujours, en effet, à côté ou en arrière de tout mouvement littéraire, nous constaterons l'existence d'une orientation différente de la pensée philosophique. C'est en réaction contre l'intellectualisme qui trouva sa poétique dans le classicisme que font irruption les deux éléments subjectifs, jusqu'ici refoulés, le sentiment et la volonté, bien sûr aveugles, désordonnés, puisque rebelles à toute lumière intellectuelle, qui trouveront leur poétique dans le romantisme. De même, plus tard, c'est en réaction contre l'idéalisme romantique que nous aurons le matérialisme et le positivisme expérimental qui trouveront leur poétique dans le naturalisme littéraire, lequel se propose de nous donner des « documents humains » et des « tranches de vie », bref, de noyer l'art dans la science. Une nouvelle réaction s'ensuivra, dont Fogazzaro peut-être — en un certain sens — et d'Annunzio surtout — en un autre sens — entendent être les champions plus qu'ils ne le sont vraiment. Et voici qu'aujourd'hui nous revenons, saturés et fatigués de tant de formes achevées abusivement sonores, aux purs fragments, aux « tranches de vie ». Oui, nous revenons, le front bas, au grand art de Verga qui manifesta, par chance, peu de curiosité intellectuelle à l'égard de toutes ces histoires et se servit de l'intelligence de Capuana pour cela seul qui lui importait : voir d'un œil clair l'élément solide que le sentiment inné de sa terre lui procurait, sa matière vivante, en faisant en sorte que sa volonté retrempée, puissante et honnête y adhérât parfaitement. Ce serait une erreur de croire que l'œuvre de la maturité de Verga fut élaborée d'une manière préméditée, selon une méthode artistique suggérée par autrui et importée d'une école étrangère, sans qu'elle se fût tout naturellement engendrée en lui-même comme sa propre matière vivante. Cette méthode ne fut pas pour Verga un emprunt à l'école naturaliste française, mais elle lui appartient de droit naturel, puisqu'il s'agit d'une loi intime : j'entends par là le mouvement libre et spontané d'une image de la vie qui était en lui et qui, par ce mouvement spontané même (lequel est la vraie technique, à concevoir justement comme mouvement immédiat de la forme) devait apparaître au-dehors. Ceci est si vrai que désormais, après un si long laps de temps, cette œuvre vit entière et parfaite dans tous ses éléments propres et uniques, qui se tiennent réciproquement d'une façon merveilleuse et réciproquement coopèrent pour former un corps vivant, sans qu'il vienne à l'esprit de personne que ce soit là le résultat d'une obéissance aux canons de l'école naturaliste française, canons dont nous ne savons même plus ce qu'ils ont bien pu être.

Les Siciliens, pour la plupart, ont une peur instinctive de la vie qui les fait s'enfermer en eux-mêmes, à l'écart, se contentant de peu, pourvu que ce peu leur assure la sécurité. Ils perçoivent avec défiance le contraste entre leur âme fermée et la nature qui les entoure, ouverte, pleine de soleil, et plus ils se réfugient en eux-mêmes à cause de cette ouverture — partout cette mer qui les isole ; c'est-à-dire qui les coupe de l'extérieur et les rend solitaires — plus ils se méfient, et chacun d'eux, non seulement est mais se fait île à soi tout seul et tout seul tire jouissance du peu de joie qui lui revient — mais à peine, et ce peu-là, il faut qu'il l'ait. Tout seul encore et taciturne, sans chercher le moindre réconfort, il se repaît de sa douleur, souvent désespérée.

Mais il y a ceux qui s'évadent, ceux qui non seulement traversent matériellement la mer, mais qui, bravant cette peur instinctive, s'arrachent (ou croient s'arracher) à ce quelque chose de restreint et de profond qui fait de chacun d'eux une île. Et avec l'ambition de vivre, ils s'en vont là où les porte une certaine sensualité chimérique, détachés de tout ou plutôt étouffant et trahissant leur véritable passion secrète sous les dehors de cette éphémère ambition de vivre.

Verga jeune fut un de ceux-là. Au début donc moins vraiment passionné, ni même austère qu'il n'a voulu se définir. Austère de plus, à proprement parler, ou mieux en tirant ce mot du côté de la morale, il ne le sera jamais, ni par ce qu'il pense de la vie, ni par ce qu'il ressent, comme quelqu'un qui verrait et excuserait les passions qui lui sont étrangères et respecterait toujours les raisons des autres.

On a dit aussi que Verga « voit dans la réalité le monde tel qu'il est et est capable de s'expliquer qu'il ne puisse être différent ».

Le sens d'un tel jugement m'échappe complètement.

Le monde n'existe par lui-même en aucune autre réalité que celle que nous lui donnons. Par conséquent, étant admis que cette réalité, c'est nous qui la lui avons donnée, il est naturel que nous nous expliquions fort bien qu'il ne saurait être différent. Le serait-il qu'il aurait fallu que nous nous méfions de nous-mêmes, de la réalité du monde que nous ayons nous-mêmes fondée. Par bonheur, Verga ne se méfie pas ; et c'est justement pourquoi il n'est ni ne peut être au sens propre un humoriste.

Entendons-nous bien sur tout cela, car on y touche à l'essentiel pour une école comme le naturalisme qui prétendait exclure la « personnalité » de l'écrivain dans la représentation de ce qu'elle appelait le « vrai ».

La fiction de l'art et la fiction qui nous vient à tous de nos sens ne sont au fond qu'une seule et même chose.

Nous n'en appelons pas moins « vraie » la représentation de nos sens et « fictive » celle de l'art. Mais à y bien regarder, il n'est jamais question entre elles de « réalité », mais de « volonté », et seulement dans la mesure où la fiction de l'art est toujours « voulue » — non dans le sens de poursuivie à des fins étrangères à elle-même, mais de voulue pour elle-même et aimée en tant que telle d'une manière désintéressée — alors qu'il ne nous appartient pas de vouloir ou de ne pas vouloir la représentation du monde que nous offrent nos sens : on l'a comme et dans la mesure où les sens l'ont aussi. La fiction d'art est donc libre ; celle-ci non. Et l'une est donc image ou forme de sensations, tandis que l'autre, celle de l'art, est création de forme. Le fait esthétique ne commence effectivement qu'au moment où une représentation acquiert en nous une volonté « pour elle-même », c'est-à-dire lorsqu'elle « se veut » en elle-même et pour elle-même, provoquant par le seul fait « qu'elle se veut » le mouvement propre à sa réalisation hors de nous. Si la représentation ne possède pas cette volonté qui est — comme je l'ai dit — le mouvement même de l'image, elle n'est qu'un fait psychique commun : l'image non voulue pour elle-même ; un fait spiritualo-mécanique, dans la mesure où il ne nous appartient pas de vouloir ou de ne pas vouloir cette image : on ne l'a que dans la mesure où elle répond en nous à une sensation.

Nous possédons tous plus ou moins une volonté qui provoque en nous ces mouvements capables de créer notre propre vie. Cette création de soi que chacun s'offre à soi-même a elle aussi besoin de toutes les activités et fonctions de l'esprit, à savoir, outre la volonté, l'intelligence et l'imagination. Et plus on possède de ces choses, plus on les met en action, plus on réussit à se créer une vie qui aura de l'élévation, de l'envergure et de la force. La différence entre cette création et celle de l'art consiste en ceci seulement (qui rend justement l'une commune et l'autre pas commune du tout) que la première est « intéressée » et la seconde « désintéressée », ce qui veut dire que l'une a une fin d'utilité pratique, alors que l'autre n'a de fin qu'en elle-même. L'une est voulue en vue de quelque chose ; l'autre se veut pour elle-même. Et la preuve nous en sera fournie par la phrase qu'on a l'habitude de répéter chaque fois que, par malheur et contre toute attente, la fin pratique à laquelle nous tendions aussi bien que nos intérêts auront été frustrés : « J'ai travaillé pour l'amour de l'art. »

Le ton sur lequel on prononce cette phrase nous explique la raison pour laquelle la majorité des hommes qui travaillent à des fins d'utilité pratique et à qui la notion de volonté désintéressée échappe, ont coutume de traiter les poètes de fous, c'est-à-dire ceux chez qui la représentation se veut sans autre fin qu'elle-même : telle ils la veulent, telle elle se veut. C'est dans ce désintéressement total et en cela seul que peut résider « l'impersonnalité » de l'écrivain au sein de la réalité qu'il crée. Dans tout le reste, il est présent, toujours, obligatoirement, et je dirais presque d'autant plus qu'il met de soin à ne pas se montrer.

Car la réalité n'existe que dans les sentiments qui nous la composent. Nous la vivrions en aveugles si pour chacun d'entre nous n'existait pas l'intelligence qui, plus ou moins, selon les cas ou les tempéraments, nous l'éclaire de ses clartés. De même qu'ainsi faite de nos sentiments, elle a besoin de notre intellect pour être vue, elle a besoin de la volonté pour se mouvoir en nous, pour nous et avec nous.

L'art est art parce que ce qui est réalité — c'est-à-dire cette composition de nos sentiments qu'éclaire notre intellect et qu'anime notre volonté, chose infiniment variée et perpétuellement mouvante, conditionnée qu'elle est toujours par la multiplicité née de l'espace et du temps — se trouve au contraire et pour toujours fixé par l'imagination en un ou quelques moments essentiels, hors de cette multiplicité (hors donc de l'espace et du temps) — éternelle et une — mais non dans l'absolu d'une abstraction : éternelle pour cela seul qu'elle est de tous les temps et une parce qu'elle est *cette* réalité qui tire sa vie du consentement de tous en tous, d'une manière naturelle, à sa façon particulière : libérée de tout ce qui est commun, courant et caduc, de tous les obstacles qui, dans la création de notre propre vie, trop souvent nous écartent du chemin, contrarient notre marche, nous déforment.

Il ne faut pas dire que l'écrivain tel que le voulait Capuana, tel qu'était pour lui Verga — ou encore n'importe qui d'autre de tout aussi impersonnel : Flaubert, Zola, Maupassant et Capuana lui-même — pas dire donc que cet écrivain « voit le monde tel qu'il est *dans la réalité* et est capable de s'expliquer qu'il ne puisse être différent ». Il faut au contraire détecter quels sentiments imposent à celui-ci ou celui-là — à Verga, dans notre cas — sa propre réalité, la réalité de son monde, quelle clarté intellectuelle lui a servi à l'éclairer, quelle volonté à le mettre en mouvement.

Tel que l'histoire de son temps le conditionne naturellement — c'est-à-dire en vertu de la façon d'être particulière de l'écrivain comme elle a pu et elle a dû se développer dans son temps et avec son temps — Verga ne possède aucune foi active. Pas plus qu'une règle générale de vie qu'il ne se donne même pas la peine de chercher, estimant qu'il n'en existe pas. Il la porte cachée au fond de lui, mais ressentie — d'où son obscurité — et non pensée. Règle donc toute affective : celle des affections immédiates : la famille, sa terre, les coutumes des gens de sa race, leurs intérêts, leurs passions. Et ce n'est vraiment que par là qu'il parvient à se proposer à lui-même *une réalité.* Il ne crée donc pas un monde d'essence idéologique, et de ce fait ne réussit pas à l'ordonner selon son idée, de l'extérieur, en une réalité qu'il puisse et sache lui imposer en le surpassant, c'est-à-dire en se surpassant lui-même. Il l'accepte sous la forme de cette réalité obscure que de temps en temps, de l'intérieur, son sentiment lui propose, déclarant alors qu'elle est ainsi parce qu'elle est ainsi. Et ce sentiment, cela va de soi, à force de se poser en réalité au hasard et dans le noir, dégénère de plus en plus et se dégrade peu à peu comme un mécanisme dominé par une angoissante fatalité.

Verga illustre le fait quasi fatal du dédoublement des sentiments en réalités qui ne peuvent être que ce qu'elles sont, puisque le sentiment est ce qu'il est — si triste, si implacablement triste.

Voici donc *la Vie des champs, les Nouvelles rustiques, Par les Chemins* et *Vagabondages*, voici *les Malavoglia* et *Maître Don Gesualdo*. Cependant Verga croyait que les inquiétudes de sa pensée vagabonde pourraient un jour trouver le repos « dans la paix sereine des sentiments doux et simples qui, calmes et inaltérables, se succèdent de génération en génération », considérant comme seules choses dignes de respect le tenace attachement de pauvres gens à l'îlot où la fortune les a fait naître, leur résignation à une vie de misère, leur religion de la famille qui étend son reflet sur le métier, la maison et la caillasse qui l'entoure. Or, au contraire, c'est une sorte de nécessité fatale qu'il lui fut donné de découvrir dans les tenaces affections des faibles, l'instinct qu'éprouvent les petits à se serrer les uns contre les autres pour résister aux tempêtes de la vie et c'est cela qu'il s'efforça de déchiffrer : le drame modeste et ignoré qui bouleverse les personnages populaires de son chef-d'œuvre, *les Malavoglia*. Drame dont le nœud, comme il l'a écrit lui-même, consiste en ceci ; « Que lorsque l'un de ces petits veut se détacher du groupe par goût de l'inconnu, par besoin d'une vie meilleure ou par envie de connaître le monde, ce monde, en poisson vorace qu'il est, l'engloutit lui et ses proches. »

Telle est la pensée qui éclaire son sentiment. Triste clarté. Et fatalement, à cette lumière, ce sentiment qui est d'amour pour ces humbles et ces faibles, pour ces très pauvres choses, devient passion, et cette passion tourment. Drôle de tranquille apaisement ! Drôle de paix sereine ! Tout autre chose que ces sentiments doux et simples dans le cours calme d'événements qui se retrouvent inaltérables de génération en génération ! C'est un monde, un pauvre monde de besoins primordiaux, d'affections primordiales, intimes, originelles, nues, et nues sont aussi les choses, d'une simplicité élémentaire en proie à une nécessité fatale. Verga est le premier à en souffrir, mais aussitôt cette lumière lui fait connaître qu'il ne peut en être autrement et qu'il n'existe aucune issue vers une autre réalité qui pourrait être différente s'il la regardait sous un autre angle ou de dessus, ou s'il faisait en sorte que le sentiment des personnages se reflétât de temps en temps, comme en passant, dans le miroir d'une réflexion étrangère, c'est-à-dire de l'écrivain lui-même, ainsi qu'il en est fréquemment chez Manzoni. Mais non : cette fatale réalité, il la regarde perpétuellement, toujours de l'intérieur, par les yeux mêmes de ses personnages auxquels il ne cesse de s'identifier ; et elle reste celle-là seule, implacable et inexorable, que lui proposent les sentiments de ses personnages. Non que parfois elle ne prenne pas un tour comique ou ironique, pour ainsi dire de son propre mouvement, lorsque les autres acteurs de la scène se livrent à des commentaires ou que la vie de province ou de campagne offre l'occasion de contrastes qui, pour teintés de ridicule qu'ils soient, n'en sont pas moins souvent cruels. Mais ici encore pèse toujours cette nécessité qui rend l'ironie mélancolique et triste le ridicule, comme dans *Malaria, le Révérend, Ainsi est le roi, Pucciu Papa* et un peu partout dans les nouvelles comme dans *les Malavoglia* et *Maître Don Gesualdo.* De cette pesante fatalité, il faut se faire une raison et malheur à qui se soustrait ou veut se soustraire à cette obligation : il ne récoltera que calamités et moqueries.

C'est en cela que, chez Verga, consiste la résignation qui est si amère elle aussi. Autre chose donc qu'une « rationalité » qui évoque l'idée d'une rigidité mécanique, mais une résignation à une fatale nécessité qui triomphe de tout le monde et n'admet aucune rébellion.

Voilà pourquoi Verga n'est pas Manzoni. Comme Manzoni, il a aimé les humbles et peint leur vie. Comme Manzoni, il a survécu de longues années à son œuvre d'écrivain et connu le sort enviable de la savoir impérissable, après l'avoir mise à l'épreuve d'un long silence. Mais quelle différence entre la lumière de l'un que réchauffe la foi qui console et soutient et la lumière de l'autre qui ne réussit qu'à grand-peine à rendre moins amère, pour l'avoir en quelque sorte affermie, cette résignation désolée à la pesante fatalité, ce soulagement ne se trouvant être réservé qu'à ceux qui se rassemblent autour du foyer domestique, lequel est pour Verga, comme pour tous les Siciliens, la chose la plus sacrée du monde. Mort et damnation à qui y touche, mort et damnation à qui le trahit, à qui l'oublie ! Il n'y a point d'autre roc sacré dans presque toute l'œuvre de Verga. Sans cesser de voir une fois de plus par les yeux de ses personnages, Verga le contemple avec vénération, avec nostalgie, avec tendresse, plein de pitié pour quiconque en aura été privé, pour quiconque, pressé par le malheur, se sera vu contraint de s'en éloigner ou de le perdre. « A tout oiseau le nid paraît beau ! » Oh ! les proverbes de Maître Ntoni Malavoglia pour qui les hommes sont comme les dix doigts de la main ! Et l'inoubliable maison du Nespolo ! Tous les efforts pour la racheter et ensuite mourir loin d'elle, en ville, dans un asile de miséreux, et les yeux rivés sur la porte pour voir si quelqu'un va entrer et vous emporter là-bas où, si l'on ne peut plus y vivre, on désire au moins mourir ! Et ce qui met le comble à la tristesse de Maître Don Gesualdo, c'est de mourir comme un chien dans la grande demeure de sa fille, lui qui pour « faire de l'argent » ne s'était jamais accordé un moment de repos.

Mais Don Gesualdo Motta ne vaut pas Maître Ntoni Malavoglia. Certes sa figure ne manque ni de puissance ni de relief et c'est avec un art encore plus efficace que les vicissitudes de son existence, ses sentiments et jusqu'au moindre de ses actes se trouvent représentés — comme d'ailleurs également chez les autres personnages. Mais déjà ce roman paraît fait d'éléments qui visiblement se réfèrent à autre chose qu'à lui-même, sans posséder ce naturel direct et cohérent d'autant plus admirable et quasi prodigieux, dans *les Malavoglia,* qu'on ne perçoit pas par quel miracle toute la vie de ce bourg de pêcheurs réussit à se fondre en un ensemble qui encercle de toutes parts la maison du Nespolo, ni comment, sans intrigue, mais non point sans passion, un roman peut se construire où tout semble arriver par hasard.

Qu'on ne vienne pas dire maintenant que tout cela n'est pas voulu : ceci traduit l'aspiration et les intentions de l'écrivain puisque, en dédicaçant à Salvatore Farina sa nouvelle *L'Amant de Gramigna,* dans *la Vie des champs,* il écrivait que le roman triompherait « au moment où l'affinité et la cohésion de toutes ses parties seront si complètes que le processus de la création restera un mystère, comme il en est des passions humaines et de leur développement ; l'harmonie de ses formes sera si parfaite, la sincérité de sa réalité si évidente, sa façon d'être, sa raison d'être seront si nécessaires que la main de l'artiste demeurera totalement invisible : le roman portera l'empreinte de l'événement réel et l'œuvre d'art semblera *s'être faite toute seule,* mûrie et venue au jour spontanément, comme un fait naturel, sans plus aucun point de contact avec son auteur... Elle possédera sa propre raison d'exister, par le seul fait qu'elle est telle qu'elle doit être et qu'il est nécessaire qu'elle soit, palpitante de vie et immuable à l'instar d'une statue de bronze dans l'immortalité de laquelle son auteur aura eu le courage divin de s'abolir et de disparaître ».

Cette aspiration est devenue réalité avec *les Malavoglia.*

Le secret du prodige est dans la vision totale de l'auteur qui donne à tout ce qui dans l'œuvre est dispersé et contingent cette intime unité vitale qui ne s'impose jamais de l'extérieur mais se trouve transfusée et éclate de vie en chacun des acteurs du drame, lesquels, bien sûr, sont très nombreux, mais ils se connaissent tous et aucun n'ignore rien de son voisin, aucun ne reste insensible à tel aspect, à telle voix du petit bourg : si c'est une cloche qu'on entend, à quel clocher elle sonne ; si c'est un cri, qui a crié et pourquoi ce cri, liés ensemble qu'ils sont tous par le plus minime incident qui aussitôt les concerne tous.

Ainsi d'un bout à l'autre, par d'innombrables fils qui n'appartiennent en propre à aucun personnage, mais partent de cette unique nécessité fatale et dominante, l'œuvre d'art, merveilleusement, forme un tout avec cet îlot, cette mer, la séculaire et solennelle droiture de ce vieux loup de mer, dans l'ambiance presque homérique d'un premier état primitif, mais sur lequel la tragédie antique ferait peser un certain sentiment du destin, puisque la ruine d'un seul engendre la ruine de tous — un tout enfin avec la leçon qui en émane à travers une compassion pleine d'effroi pour le sort des vaincus.

Oui, cette œuvre est admirable, mais plus admirable encore l'effort d'où elle est née, toute parée d'un style nouveau et nécessaire qui, comme œuvre d'art, la rend vivante pour toujours et aujourd'hui, hors de toutes considérations littéraires, vivante aussi plus que jamais comme modèle d'action et de foi. Je veux parler de cet effort auquel Verga, à un certain moment, alors qu'il s'était peut-être le plus éloigné et détourné de ses origines, s'est senti tyranniquement voué par la voix de sa terre et de tout ce que son esprit conservait de religieux : l'effort exigeant, humble et triste, d'exprimer les choses, ce qui, en un certain sens, signifie faire, agir, et non plus désirer, contempler ; les choses difficiles, telles qu'elles sont pour nous, lui qui, aux yeux de l'opinion, était déjà tenu pour un maître dans le domaine des choses faciles, telles que le public d'alors pouvait en avoir le goût.

Toutes les conceptions intellectuelles de la vie que les œuvres d'art suggèrent peuvent faire l'objet d'un jugement. Mais rien ne serait plus stupide que d'en demander raison à l'artiste au nom de la vie pratique. En effet, ce n'est pas la conception intellectuelle de la vie reflétée par cette œuvre admirable qui est susceptible de nous être utile — elle peut même nous sembler déprimante, ou tout au moins contraire à notre esprit désormais autre et sans rapport avec l'état d'âme du vaincu, alors qu'une conception opposée serait au contraire exaltante et conforme à nos vœux — mais ce qui nous est indispensable, c'est ce dépouillement lui-même de tout ce qui est superflu pour vivre d'une vie toute à créer, c'est cette force même durement opérante, ce retour aux origines dont Verga nous donne l'exemple : nécessités fondamentales et uniques tant pour la création d'une vraie œuvre d'art que pour l'affirmation d'une personnalité humaine, dans la vie ou pour la survie d'un peuple. Ce dépouillement, cette force constructive, ce retour aux origines ouvrent la voie à la seule conquête qui s'impose aux hommes et aux peuples : la conquête de son propre style.

RÉFÉRENCES

1. *Illustrateurs, acteurs et traducteurs.* Publié pour la première fois dans la *Nuova Antologia* en janvier 1908, ce texte a été repris la même année dans le recueil d'essais intitulé *Art et Science.*

2. *Théâtre ancien et Théâtre nouveau.* Texte d'une conférence que Pirandello prononça en juillet 1922 à Venise — d'où la place faite à Goldoni — et qu'il répéta beaucoup plus tard, le 12 mai 1934, à l'occasion de l'inauguration des nouveaux locaux de *La Stampa* à Turin. Elle parut le lendemain dans les colonnes de ce journal.

3. *Préface à « Six Personnages en quête d'auteur ».* La pièce fut créée en Italie au théâtre Valle de Rome, le 10 mai 1921, puis reprise en septembre, avec grand succès, au théâtre Manzoni de Milan.

La version française de *Six Personnages en quête d'auteur,* due à Benjamin Crémieux, fut mise en scène par Georges Pitoëff à la Comédie des Champs-Elysées. Pirandello assistait le 10 avril 1923 à la « première » qui fut un triomphe.

La préface ici reproduite figure en tête de cette « comédie à faire », dans le volume I des œuvres de Luigi Pirandello, *Maschere nude* (Editions Mondadori).

4. *L'Arioste et Don Quichotte* et

5. *Essence, caractères et matière de l'humorisme.* L'hu-

morisme est un des sujets que Pirandello traite dans ses cours de littérature italienne à l'Istituto Superiore di Magistero à Rome où il enseigne à partir de 1897. Il s'agit d'une vaste étude sur la notion de l'humour et de recherches sur le rôle que cet humour joue dans la littérature chevaleresque et moderne italienne, mais surtout de l'élaboration d'une théorie personnelle, le « sentiment du contraire », qui éclaire toute l'œuvre de Pirandello.

Publié d'abord par fragments dans diverses revues, cet essai paraît en première édition en 1908 et en seconde édition, augmentée, en 1920.

L'extrait que nous avons intitulé *L'Arioste et Don Quichotte* se trouve dans le chapitre V de la première partie, consacré à l'analyse de l'ironie comique dans la littérature chevaleresque.

Essence, caractères et matière de l'humorisme reproduit, à l'exclusion de deux passages de polémique avec Croce, la deuxième partie de l'ouvrage.

6. *Giovanni Verga.* Il existe deux discours de Pirandello sur Giovanni Verga. Le premier fut prononcé le 2 septembre 1920 au théâtre Massimo Vincenzo Bellini à Catane, à l'occasion des quatre-vingts ans de Verga qui devait mourir moins de deux ans plus tard. Le second est prononcé le 3 décembre 1931 à l'Académie royale d'Italie pour célébrer le cinquantième anniversaire de la parution des *Malavoglia.* Il suscita d'après Corrado Alvaro des « mouvements divers » dans l'assemblée, parce que Pirandello y adoptait une attitude critique à l'égard de Gabriele D'Annunzio. C'est ce texte-là, plus complet, que nous avons choisi de reproduire. Il a paru dans le *Tevere* le lendemain de la cérémonie.

Notice biographique

Luigi Pirandello est né le 28 juin 1867 près d'Agrigente en Sicile. Après avoir terminé ses études classiques à Palerme, il retourne à Agrigente pour seconder son père qui est administrateur de mines de soufre. Il n'y restera que peu de temps. En 1886 il quitte de nouveau sa ville natale pour s'inscrire à la faculté des Lettres de Palerme. Ses études se poursuivent à Rome, puis à Bonn où il obtient le titre de docteur avec une dissertation en allemand sur *Les sons et l'évolution des sons dans le parler d'Agrigente*.

De retour en Italie, il épouse en 1894 une jeune fille sicilienne qui lui donnera trois enfants et sera atteinte en 1903 d'une forme grave de paranoïa jusqu'à la fin de sa vie. A la même époque il est nommé professeur de langue et de littérature italiennes à l'Istituto superiore di Magistero de Rome. Il occupera cette chaire jusqu'en 1922.

Son premier roman, *L'exclue*, est publié en 1901. Il est suivi de *Feu Mathias Pascal* (1906), *Les vieux et les jeunes* (1908), *Son mari* (1911), ainsi que d'un grand nombre de nouvelles qui paraissent dans des revues. Pirandello, à cette époque, mène une existence besogneuse de professeur et d'homme de lettres.

Le théâtre occupe pendant longtemps une place secondaire dans la production littéraire de Pirandello. Ses premières pièces, qui ont pour cadre la Sicile et dont quelques-unes sont écrites en dialecte sicilien, ne rencontrent qu'un accueil mitigé. En 1917 il donne *Chacun sa vérité*, que suivent une série de pièces remarquables : *La volupté de l'honneur, C'était pour rire, Le Jeu des rôles, L'homme, la bête et la vertu, Comme avant, mieux qu'avant*. En 1921 *Six personnages en quête d'auteur* obtient un succès international qui fonde durablement la célébrité de l'écrivain.

Elu membre de l'Académie royale d'Italie en 1929, prix Nobel de littérature en 1934, Pirandello a jusqu'à la fin de sa vie une importante activité littéraire et théâtrale. Il meurt en 1936.

DU MÊME AUTEUR

Aux Éditions Gallimard

SIX PERSONNAGES EN QUÊTE D'AUTEUR *suivi de* LA VOLUPTÉ DE L'HONNEUR.

VÊTIR CEUX QUI SONT NUS *suivi de* COMME AVANT, MIEUX QU'AVANT.

UN, PERSONNE ET CENT MILLE.

THÉÂTRE

I. Six personnages en quête d'auteur — Chacun sa vérité — Henri IV — Comme ci (ou Comme ça).

II. Un Imbécile — Comme tu me veux — Diane et Tuda — La Vie que je t'ai donnée.

III. Vêtir ceux qui sont nus — Comme avant, mieux qu'avant — Je rêvais (peut-être...) — Cecé — La Fleur à la bouche — A la sortie.

IV. Liolà — Tout pour le mieux — Méfie-toi..., Giacomino — La Jarre.

V. La Fable de l'enfant échangé — Les Géants de la montagne — Ce soir, on improvise — L'Autre fils.

VI. La Volupté de l'honneur — Quand on est quelqu'un — L'Homme, la Bête et la Vertu.

VII. Se trouver — L'Étau — Le Bonnet du fou — Cédrats de Sicile — Bellavita — Le Brevet — La Raison des autres — L'Offrande au seigneur du navire.

VIII. Ou d'un seul ou d'aucun — L'Amie des femmes — On ne sait comment — Lazare — C'était pour rire — Ève et Line — Le Devoir du médecin.

IX. Le Jeu des rôles — La Greffe — La Nouvelle Colonie.

NOUVELLES POUR UNE ANNÉE

I. Le Châle Noir — La vie toute nue — La Courbette.

II. L'Homme seul — La Manche — En silence.

III. Toutes les trois.

IV. Donna Mimma — Le Dieu ancien.

THÉÂTRE COMPLET *(Bibliothèque de la Pléiade).*

I. Masques nus.

II. Masques nus.

LIOLÀ.

DANS LA COLLECTION FOLIO/ESSAIS

1 Alain : *Propos sur les pouvoirs.*
2 Jorge Luis Borges : *Conférences.*
3 Jeanne Favret-Saada : *Les mots, la mort, les sorts.*
4 A. S. Neill : *Libres enfants de Summerhill.*
5 André Breton : *Manifestes du surréalisme.*
6 Sigmund Freud : *Trois essais sur la théorie sexuelle.*
7 Henri Laborit : *Éloge de la fuite.*
8 Friedrich Nietzsche : *Ainsi parlait Zarathoustra.*
9 Platon : *Apologie de Socrate. Criton. Phédon.*
10 Jean-Paul Sartre : *Réflexions sur la question juive.*
11 Albert Camus : *Le mythe de Sisyphe (Essai sur l'absurde).*
12 Sigmund Freud : *Le rêve et son interprétation.*
13 Maurice Merleau-Ponty : *L'Œil et l'Esprit.*
14 Antonin Artaud : *Le théâtre et son double* (suivi de *Le théâtre de Séraphin*).
15 Albert Camus : *L'homme révolté.*
16 Friedrich Nietzsche : *La généalogie de la morale.*
17 Friedrich Nietzsche : *Le gai savoir.*
18 Jean-Jacques Rousseau : *Discours sur l'origine et les fondements de l'inégalité parmi les hommes.*
19 Jean-Paul Sartre : *Qu'est-ce que la littérature ?*
20 Octavio Paz : *Une planète et quatre ou cinq mondes (Réflexions sur l'histoire contemporaine).*
21 Alain : *Propos sur le bonheur.*

22 Carlos Castaneda : *Voir (Les enseignements d'un sorcier yaqui).*
23 Maurice Duverger : *Introduction à la politique.*
24 Julia Kristeva : *Histoires d'amour.*
25 Gaston Bachelard : *La psychanalyse du feu.*
26 Ilya Prigogine et Isabelle Stengers : *La nouvelle alliance (Métamorphose de la science).*
27 Henri Laborit : *La nouvelle grille.*
28 Philippe Sollers : *Théorie des Exceptions.*
29 Julio Cortázar : *Entretiens avec Omar Prego.*
30 Sigmund Freud : *Métapsychologie.*
31 Annie Le Brun : *Les châteaux de la subversion.*
32 Friedrich Nietzsche : *La naissance de la tragédie.*
33 Raymond Aron : *Dix-huit leçons sur la société industrielle.*
34 Noël Burch : *Une praxis du cinéma.*
35 Jean Baudrillard : *La société de consommation (ses mythes, ses structures).*
36 Paul-Louis Mignon : *Le théâtre au XXᵉ siècle.*
37 Simone de Beauvoir : *Le deuxième sexe,* tome I *(Les faits et les mythes).*
38 Simone de Beauvoir : *Le deuxième sexe,* tome II *(L'expérience vécue).*
39 Henry Corbin : *Histoire de la philosophie islamique.*
40 Etiemble : *Confucius (Maître K'ong, de — 551 (?) à 1985).*
41 Albert Camus : *L'envers et l'endroit.*
42 George Steiner : *Dans le château de Barbe-Bleue (Notes pour une redéfinition de la culture).*
43 Régis Debray : *Le pouvoir intellectuel en France.*
44 Jean-Paul Aron : *Les modernes.*
45 Raymond Bellour : *Henri Michaux.*
46 C.G. Jung : *Dialectique du Moi et de l'inconscient.*
47 Jean-Paul Sartre : *L'imaginaire (Psychologie phénoménologique de l'imagination).*
48 Maurice Blanchot : *Le livre à venir.*
49 Claude Hagège : *L'homme de paroles (Contribution linguistique aux sciences humaines).*

50 Alvin Toffler : *Le choc du futur.*
51 Georges Dumézil : *Entretiens avec Didier Eribon.*
52 Antonin Artaud : *Les Tarahumaras.*
53 Cioran : *Histoire et utopie.*
54 Sigmund Freud : *Sigmund Freud présenté par lui-même.*
55 Catherine Kintzler : *Condorcet (L'instruction publique et la naissance du citoyen).*
56 Roger Caillois : *Le mythe et l'homme.*
57 Panaït Istrati : *Vers l'autre flamme (Après seize mois dans l'U.R.S.S.-Confession pour vaincus).*
58 Claude Lévi-Strauss : *Race et histoire* (suivi de *L'œuvre de Claude Lévi-Strauss* par Jean Pouillon).
59 Michel de Certeau : *Histoire et psychanalyse entre science et fiction.*
60 Vladimir Jankélévitch et Béatrice Berlowitz : *Quelque part dans l'inachevé.*
61 Jorge Amado : *Conversations avec Alice Raillard.*
62 Elie Faure : *Histoire de l'art,* tome I : *L'art antique.*
63 Elie Faure : *Histoire de l'art,* tome II : *L'art médiéval.*
64 Elie Faure : *Histoire de l'art,* tome III : *L'art renaissant.*
65 Elie Faure : *Histoire de l'art,* tome IV : *L'art moderne,* 1.
66 Elie Faure : *Histoire de l'art,* tome V : *L'art moderne,* 2.
67 Daniel Guérin : *L'anarchisme (De la doctrine à la pratique),* suivi de *Anarchisme et marxisme.*
68 Marcel Proust : *Contre Sainte-Beuve.*
69 Raymond Aron : *Démocratie et totalitarisme.*
70 Friedrich Nietzsche : *Par-delà bien et mal (Prélude d'une philosophie de l'avenir).*
71 Jean Piaget : *Six études de psychologie.*
72 Wassily Kandinsky : *Du spirituel dans l'art, et dans la peinture en particulier.*
74 Henri Laborit : *Biologie et structure.*
75 Claude Roy : *L'amour de la peinture (Rembrandt Goya Picasso).*

76 Nathalie Sarraute : *L'ère du soupçon (Essais sur le roman).*
77 Friedrich Nietzsche : *Humain, trop humain (Un livre pour esprits libres),* tome I.
78 Friedrich Nietzsche : *Humain, trop humain (Un livre pour esprits libres),* tome II.
79 Cioran : *Syllogismes de l'amertume.*
80 Cioran : *De l'inconvénient d'être né.*
81 Jean Baudrillard : *De la séduction.*
82 Mircea Eliade : *Le sacré et le profane.*
83 Platon : *Le Banquet (ou De l'amour).*
84 Roger Caillois : *L'homme et le sacré.*
85 Margaret Mead : *L'un et l'autre sexe.*
86 Alain Finkielkraut : *La sagesse de l'amour.*
87 Michel Butor : *Histoire extraordinaire (Essai sur un rêve de Baudelaire).*
88 Friedrich Nietzsche : *Crépuscule des idoles (ou Comment philosopher à coups de marteau).*
89 Maurice Blanchot : *L'espace littéraire.*
90 C. G. Jung : *Essai d'exploration de l'inconscient.*
91 Jean Piaget : *Psychologie et pédagogie.*
92 René Zazzo : *Où en est la psychologie de l'enfant ?*
93 Sigmund Freud : *L'inquiétante étrangeté* et autres essais.
94 Sören Kierkegaard : *Traité du désespoir.*
95 Oulipo : *La littérature potentielle (Créations Re-créations Récréations).*
96 Alvin Toffler : *La Troisième Vague.*
97 Lanza del Vasto : *Technique de la non-violence.*
98 Thierry Maulnier : *Racine.*
99 Paul Bénichou : *Morales du grand siècle.*
100 Mircea Eliade : *Aspects du mythe.*
101 Luc Ferry et Alain Renaut : *La pensée 68 (Essai sur l'anti-humanisme contemporain).*
102 Saúl Yurkievich : *Littérature latino-américaine : traces et trajets.*
103 Carlos Castaneda : *Le voyage à Ixtlan (Les leçons de don Juan).*
104 Jean Piaget : *Où va l'éducation.*

105 Jean-Paul Sartre : *Baudelaire.*
106 Paul Valéry : *Regards sur le monde actuel* et autres essais.
107 Francis Ponge : *Méthodes.*
108 Czeslaw Milosz : *La pensée captive (Essai sur les logocraties populaires).*
109 Oulipo : *Atlas de littérature potentielle.*
110 Marguerite Yourcenar : *Sous bénéfice d'inventaire.*
111 Frédéric Vitoux : *Louis-Ferdinand Céline (Misère et parole).*
112 Pascal Bonafoux : *Van Gogh par Vincent.*
113 Hannah Arendt : *La crise de la culture (Huit exercices de pensée politique).*
114 Paul Valéry : « *Mon Faust* ».
115 François Châtelet : *Platon.*
116 Annie Cohen-Solal : *Sartre (1905-1980).*
117 Alain Finkielkraut : *La défaite de la pensée.*
118 Maurice Merleau-Ponty : *Éloge de la philosophie* et autres essais.
119 Friedrich Nietzsche : *Aurore (Pensées sur les préjugés moraux).*
120 Mircea Eliade : *Le mythe de l'éternel retour (Archétypes et répétition).*
121 Gilles Lipovetsky : *L'ère du vide (Essais sur l'individualisme contemporain).*
123 Julia Kristeva : *Soleil noir (Dépression et mélancolie).*
124 Sören Kierkegaard : *Le Journal du séducteur.*
125 Bertrand Russell : *Science et religion.*
126 Sigmund Freud : *Nouvelles conférences d'introduction à la psychanalyse.*
128 Mircea Eliade : *Mythes, rêves et mystères.*
131 Georges Mounin : *Avez-vous lu Char ?*
132 Paul Gauguin : *Oviri.*
133 Emmanuel Kant : *Critique de la raison pratique.*
134 Emmanuel Kant : *Critique de la faculté de juger.*
135 Jean-Jacques Rousseau : *Essai sur l'origine des langues (où il est parlé de la mélodie et de l'imitation musicale).*
137 Friedrich Nietzsche : *L'Antéchrist* suivi de *Ecce Homo.*

138 Gilles Cohen-Tannoudji et Michel Spiro : *La matière-espace-temps.*

139 Marcel Roncayolo : *La ville et ses territoires (La logique des particules élémentaires).*

140 Friedrich Nietzsche : *La philosophie à l'époque tragique des Grecs,* suivi de *Sur l'avenir de nos établissements d'enseignement.*

141 Simone Weil : *L'enracinement (Prélude à une déclaration des devoirs envers l'être humain).*

142 John Stuart Mill : *De la liberté.*

Impression Bussière à Saint-Amand (Cher),
le 12 mars 1990.
Dépôt légal : mars 1990.
Numéro d'imprimeur : 509.
ISBN 2-07-032567-9./Imprimé en France.

48749